TANO

# VIATA MEA PE HAYABUSA

-   100.000 km pe motocicletă   -

Descrierea CIP a Bibliotecii Naţionale a României
TANO
    Viaţa mea pe Hayabusa : 100.000 km pe motor /
Tano. - Bucureşti : Iată-mă!, 2014
        ISBN 978-606-93428-3-1

821.135.1-31

Editor: Petcu Nicoleta
Corector: Ban A. Gabriel
Coperta: Dan Izvernariu
Fotograf: Udrescu Ovidiu

*"Când veşnicia te cheamă, rămâne în urmă un gol pe care numai veşnicia îl poate umple, atunci când vine vremea..."*

# CUVÂNT ÎNAINTE

La vremea în care eu am început să cochetez cu motociclismul, existau mai multe cluburi moto şi mai multe grupuri de motociclişti care îşi petreceau împreună timpul dedicat plimbărilor. Zona în care eu intrasem era o adevărată enigmă pentru mine. Până când am intrat în posesia permisului pentru motocicletă, viaţa de motociclist se reducea doar la nişte băieţi tineri, îmbrăcaţi precum piloţii militari, unii, sau alţii – precum nişte rockeri supăraţi, cu care mă intersectam prin benzinării sau prin trafic.

Nu exista o personalizare a lor, de parcă nu erau oameni în spatele acelor căşti fumurii, ci nişte specii ciudate, diferite de noi, oamenii normali. Spun asta pentru că îmi este teamă, ca şi cei care în prezent nu au tangenţă cu lumea moto – lume, pe care sper să reuşesc să o descriu cât mai bine – au, la fel, o imagine seacă, deformată, despre comunitatea motocicliştilor din România. Pentru că la noi acest fenomen a luat amploare abia începând cu finalul anilor ´90, început de 2000. Până atunci, drumurile din România erau populate în special cu vechile motociclete ruseşti sau est-germane şi, în multe cazuri, cu autohtonele Mobra şi Hoinar. Erau motociclete calme, liniştite şi fără prea multe pretenţii.

Însă, începând cu anul 2000, odată cu naşterea primei lengende moto, Hayabusa, în 1999, fenomenul moto a luat şi în România amploare, devenind din ce în ce mai demn de luat în seamă. Numărul celor care deţin motociclete puternice a devenit din ce în ce mai mare, tinerii au început să experimenteze noi senzaţii, în timp ce legislaţia românească a cam bătut pasul pe loc. Şi aşa cum se întâmplă, pe măsură ce şoselele se aglomerează de motociclete, din ce în ce mai frumoase şi mai rapide, aceleaşi şosele se umplu şi de sufletele celor care, din neatenţia lor sau a altora, ajung să-şi găsească sfârşitul.

Până să cunosc această lume, nu am ştiut cât de naturali, cât de buni şi de extraordinari sunt de fapt oamenii din spatele căştilor. Pentru că, spre deosebire de cum îi percepeam eu – şi, sunt convins, că aşa îi percep şi cei care nu-i cunosc – în fiecare şa pe care o vezi pe şosea sau parcată la margine de drum, se află un om ce are acasă pe cineva care-l aşteaptă. O soţie, un fiu, o fiică sau părinţi îngrijoraţi. Pentru că de fiecare dată când te urci pe motor cu gândul să faci o plimbare, te gândeşti că poate nu te mai întorci. Că poate e ziua aia fatală, în care un prost îţi taie calea fără să se asigure; sau pur şi simplu ai ghinion. Spre deosebire de ţările civilizate – unde legislaţia este bine definită, protejând foarte mult aspectul vulnerabil al fiecărui motociclist în trafic –, eu îmi amintesc că în România genul asta de protecţie legală este destul de firav. Dimpotrivă, lipsa de educaţie duce la reacţii foarte dure ale celor care nu cunosc şi singura percepţie pe care mulţi o au, când este vorba de motociclişti, este că „merg prea repede" şi „nu sunt decât donatori de organe".

În orice domeniu în care interacţionăm, din orice zonă am căuta, sunt şi excepţiile care duc la formarea unei percepţii greşite. Sunt motociclişti şi motociclişti, cum sunt oameni şi oameni.

*Dan Alexandru Tano*

Sunt motociclişti care cad şi sunt motociclişti care urmează să cadă. Nu-mi amintesc dacă ploua sau era o zi toridă. Nici nu aş fi avut cum, atunci, în acele clipe, să dau importanţă unui asemenea detaliu insignifiant. Numai scârţâitul treptelor metalice şi fluieratul prelung, ce anunţa pornirea trenului din Gara Chişinău, se mai amestecau printre tumultul de gânduri în care mă afundasem. În cap îmi răsuna perpetuu glasul tremurat al celei ce mă sunase să îmi dea cumplita veste. Dacă aş fi mers atunci tot drumul pe jos, înapoi spre România, în mod cert nu aş fi simţit nici oboseala tălpilor, nici setea, ce la un moment dat ar fi apărut; nici măcar pe mine întreg nu mă puteam percepe. Cum într-o clipă viaţa ta se poate răsturna şi ceea ce preţuieşti poţi pierde în mai puţin de o secundă. Căci asta e viaţa, pe care uneori o depăşeşti la viteze inimaginabile, căci atunci când intri în depăşire un mare drum neted poate rămâne în urma ta. Iar tu îl priveşti abia după ce ţi-ai terminat călătoria.

Ca niciodată, acum urmăream toate aceste întinderi de verdeaţă prin geamul prăfuit al vagonului şi, totuşi, câte peisaje lăsam în urma mea, tot atâtea gânduri dispersate în zeci de bucăţele mă striveau sub greutatea nemiloasei veşti. Glasul acela ce bâzâia şi nu-mi dădea pace. Îmi spuse ceva de prietenul pe care-l admiram cel mai mult, de o maşină, de o motocicletă, de mult sânge şi de un spital de urgenţă. După, se instalase în mine o linişte profundă, în care singurul lucru posibil, pe lângă presentimentul iscoditor, era o negare categorică sau mai bine zis refuzul de a accepta un asemenea deznodământ. În mod bizar, imaginile mă duceau oarecum înapoi spre mine, spre momentele în care eram alături de el în poveste, spre zborul pe asfaltul moale, ce mă cuprinse și pe mine nu demult. Toate dispăreau și apăreau, învăluite parcă într-o ceață pe care, în vuietul necontenit al roților, încercam, treptat, să o îndepartez, pentru ca ele, mai apoi, să-mi apară mai vii ca niciodată.

Începeam să-mi amintesc părți esențiale din formarea mea ca om, lucruri care, pe parcurs, au devenit vitale pentru mine. Am putut distinge clar ziua aceea caldă de amiază, în care, în mod neimaginat, am avut primul contact cu un vehicul pe două roți, ce mai târziu avea să fie parte    din viața mea. Aveam în jur de trei ani, iar mașinăria interesantă, pe care venise vecinul Gică la bunicul, îmi captase întreaga atenție și începusem să mă joc inocent pe lângă ea. În tot entuziasmul, ce-am făcut, ce n-am făcut, că într-o fracțiune de secundă m-am trezit cum toată greutatea motocicletei vine înspre mine, gata să mă înghită. Norocul meu a fost că nu m-a făcut una cu pământul: doar m-a blocat între fiarele ei masive, rămânând înțepenit între ghidon și rezervor. Puteam să simt mirosul puternic de benzină, căldura ce se degaja din monstrul de fier. „Până aici mi-a fost, urmează sfârșitul!“, gândeam eu atunci, netulburat defel de faptul că aș fi putut fi strivit. Mai degrabă, cugetam cu groază la cât o să mă alerge 'nea Gică pentru că i-am răsturnat motocicleta. Acesta a fost primul meu contact cu un motor – căzuse peste mine. Au urmat 20 de ani, în care singurul contact pe care l-am avut cu un vehicul pe două roți a fost bicicleta. Mai târziu, m-am amestecat printre milioanele de pași din lumea largă, poposind, în cele din urmă, în capitala legendelor urbane, acolo unde inocența și simplitatea se pierd la o vârstă fragedă: București. Cunoșteam, de la orele de istorie, încă din clasele primare, legenda întemeierii orașului. Cum ciobanul Bucur și-a strâns oile sale pe lângă albia râului Dâmbovița și cum s-a stabilit aici, cu întreaga familie, ce a crescut în decursul vremii, și a creat o așezare înfloritoare. Se spune că la vechii daci cuvântul *bucur* avea mai multe conotații, precum *trecător, rătăcitor, călător spre locul de iernat cu turma sa.* Din surse albaneze, *bukureshti* are semnificația de *frumos este.*

Dar nu acest aspect era important. Pentru mine, incursiunea în lumea motocicliștilor a început atunci când l-am cunoscut pe V.R., ce s-a transformat ulterior în mentorul meu. Motociclist pasionat, el a fost primul ce mi-a insuflat subtil dragostea pentru motoare și mi-a oferit primele lecții de bază, pe care eu atunci le percepeam numai ca simple discuții. În cercul meu de prieteni erau câțiva pe care îi vedeam vara plecând cu motoarele. Nu găseam nici un fapt spectaculos în asta; microbul moto avea să se instaleze mai târziu în simțurile mele. Îi apreciam pentru felul lor de a fi, prețuiam importanța pe care ei o aveau pentru mine ca prieteni, însă pasiunea lor privată nu mă captase. Se trasa o linie imaginară între mine și ei: atunci când își puneau căștile și își coborau viziera, lumea noastră se despărțea. Mi se parea că ei fac parte din alt scenariu, unul pe care îmi era greu să îl înțeleg. Auzeam în fundal zgomotul de motor, iar ei defilau prin fața mea, depășindu-mă într-o clipă. Eu rămâneam în loc, pe trotuar. Era precum un diafilm pe care eu numai îl priveam.

— *Ieșiți iarăși cu motoarele?* i-am întrebat eu într-o zi, văzându-i cum își pregătesc echipamentul.

— *Păi, se poate altfel?! A venit căldura, nu mai e pericol de ploaie în următoarea săptămână. Ar fi și păcat să nu profităm!* îmi răspunse V.R.

Nu puteam înțelege de unde atâta entuziasm în ideea de a parcurge un drum până la munte pe un motor. La fel de bine puteai ajunge și cu mașina, mult mai confortabil.

— *E un simțământ diferit! E o stare! Motorul și persoana devin un tot! Nu ai cum să îi separi unul de altul, cum nu poți renunța odată ce te-ai „îndrăgostit"!* îmi explica V.R. luminat la față.

— *Nu cred nimic din ce spui! Sunt doar vorbe frumoase! E, până la urmă, doar un vehicul!* îl contraziceam eu.

V.R. numai zâmbea, vrând parcă să învăluiască mai bine taina, să mă lase pe mine întru totul să risipesc norii îndoielnici, atunci când voi fi pregătit. Eram un „intrus" în lumea lui, cu toate acestea, el mă aștepta. Văzuse în mine ceea ce eu încă nu întrezăream.

— *Când ești pe motor, e foarte important să ai toate simțurile treze! Cea mai mică deviere de la realitate poate fi periculoasă!* îmi mai spunea adesea. *Atunci când ești pe motor, îți aparții, tu ești al tău, iar viața tă stă în propriile-ți mâini! Indiferent de circumstanțe, creierul tău nu trebuie să o ia razna, altfel, ești pierdut.*

Bineînțeles, eu aveam o privire sceptică, neputând înțelege. Îmi devenise foarte drag și tocmai de aceea am acceptat invitația lui de a ne plimba; el, cu motorul - eu, evident, cu mașina. Și, astfel, am oprit într-o zi pe litoralul românesc, la Neptun, unde urma să mergem la un concert al trupei Vama Veche. Aproape de intrarea Teatrului de Vară era expusă o motocicletă, o ditamai „vaca", așa cum am aflat ulterior ca era alintată.

— *Uite! Asta îmi doresc eu! Sper să o am într-o zi! Legenda!* îmi spuse V.R., arătând spre namila neagră.

— *Pfff! Nu-mi spune că și voi aveți născocite legende!* am pufnit eu amuzat.

— *Ba da! Iar asta e legenda tuturor legendelor, visul oricărui motociclist! Hayabusa!*

— *Fii serios!* i-am spus eu distrat, gândindu-mă în altă parte.

M-am uitat absent, în treacăt. Între mine şi acea motocicletă nu exista absolut nici o relaţie. Cu cât petreceam mai mult timp cu V.R., cercul meu de prieteni cu motor se lărgea. Unul dintre ei vine într-o seară pe la mine şi, după ce câinele meu, Matei, l-a mârâit în semn de primire, mi-a arătat foarte entuziasmat noua sa achiziţie, un Suzuki GSXR 750. Adevărul e ca motorul arăta superb, iar prietenul acesta, observând că îmi place, mi-a sugerat că o cunoştinţă de-a lui are de vânzare un model mai pentru începători, un Suzuki 650 FreeWind. Nu ştiam ce înseamnă, habar nu aveam. Pentru mine erau limbi străine.

— *Şi unde o găsesc?* îl întreb eu totuşi.
— *Păi, îl sun să vină cu motorul, să îl vezi!*
— *Nu-l suna, că nu am chef!* i-am răspuns şi mi-am văzut de ale mele.

Pe 1 Mai, aşa cum obişnuiam în fiecare an, am poposit iarăşi pe ţărmul rebel al Vămii. Bătea vântul într-o unduire lină, era soare blând şi călduros, marea — cu sclipirile ei — te răpea într-un decor ca de vis. În tot peisajul mirific îşi face apariţia, la un moment dat, pe plajă, o persoană cu un Suzuki FreeWind. Posibil să fi fost clipa mea de revelaţie, posibil ca toate cuvintele lui V.R. să fi avut ca rezultat reacţia mea, căci mi s-a parut atunci atât de frumoasă motocicleta aceea, după cum spune vorba „când vezi ceva şi te orbeşte". Pentru mine nu mai exista nimic altceva decât acea motocicletă. Aşa, brusc şi dintr-o dată, mă îndrăgostisem fără scăpare, la malul mării, în Vama Veche, acolo unde trăisem de altfel mai toate marile iubiri şi revelații. Am făcut poze nenumărate, eu cu motorul, eu pe motor, eu lângă motor, fericit precum un copil, și am decis atunci, pe loc, să-mi iau un model asemănător. Curând, o și aveam în curte, cu tot cu casca pe care cel ce o vânduse, mi-o promisese. Era o cască plină de culori. Avea desenat în lateral un model ce parcă scotea flăcări. Era penibilă, însă pentru mine era cea mai frumoasă cască. A doua zi, la prima oră, m-am înfățișat direct la amicul meu, R.M., instructor, să-mi facă – cum o fi – școala moto, căci eram decis să-mi iau permisul. Cu urcatul prima dată pe motor a fost altă treabă, mi-a fost frică.

— *Ai grijă să nu scapi mâna în gaz!* mă speriau prietenii, asa cum făceau cu orice începător.

Atent, cu mâna pe accelerație, aveam grijă să nu iau un avânt prea brusc. Sfaturile lor mi-au fost utile. Nu era răutate în faptul că băgau frica în mine la început, erau numai foarte realiști, știind riscurile ce vin cu această pasiune. Primele ore, primele zile au fost de panică, deși sub mine aveam doar 12 cai putere, ceva infim. Însă, pentru mine erau niște monștri, niște sperietori. Aveam emoții, inima îmi bătea nebunește, eram foarte tensionat și încordat. MZ-ul pe care faceam școala nu se împotrivea, m-a primit cu stângăcia mea de începător, mi-a permis să mă acomodez, treptat, cu șaua ei, pe care am făcut primii pași, precum un copil ce tocmai învăța să meargă. Toate acestea au durat până pe la jumătatea perioadei de instruire. În cea de-a doua jumătate am devenit din ce în ce mai nerăbdător să dau examenul. Voiam să vină mai repede. Mai era un amănunt în plus, și anume, după o oră și jumătate de ture, atunci când mă urcam la volanul mașinii, parcă m-aș fi urcat într-un melc, ceva ce se mișca, așa, cu încetinitorul. Motocicleta oferea niște senzații –

vibrațiile de pe motor îți rămâneau în oase o bună perioadă – și îți inducea o anume euforie. Acum nu se mai întâmplă, dar atunci eu nu eram obișnuit. Țin minte că era să fac și un accident – trebuia să merg printre jaloane, în fața mea era o hală, m-am gândit o secundă la altceva și am scăpat mâna în accelerație. Motocicleta s-a îndreptat cu mare viteză spre hala ce se afla la numai aproximativ 5 metri fața de mine. Norocul meu e că am avut un reflex extraordinar, am strâns ambreiajul și motorul s-a calmat. Nu aș fi vrut să mă vadă careva. Astfel, am întors repede și am continuat ca și cum nimic nu se întâmplase. După ce am terminat școala, am depus repede dosarul pentru examen. A fost un moment palpitant, dar în final a contat că am luat carnetul. Nu am mai așteptat să iasă cardul de permis, m-am dus glonț și am scos-o pe Suzy la o plimbare. Mai făcusem eu plimbări prin cartier cu Suzy și când nu aveam carnet. Însă, într-o zi m-am trezit în spate cu o mașină de poliție. Am tras o așa spaimă, încât am dus-o pe Suzy înapoi în curte și nici că nu am mai scos-o.

Acum însă eram un om fericit. Aveam carnet și o aveam pe Suzy. Nu-mi rămânea decât să mă bucur de ea. De abia acum începea adevăratul meu instructaj în viața moto. Și va continua astfel cu fiecare plimbare făcută, cu fiecare drum ce urma să îl învăț și să îl cunosc. Zâmbesc ușor acum, în timp ce-mi amintesc prima căzătura cu motorul, cu Suzy. Era vară. Fiind foarte cald, câteva mașini de salubritate aveau roul de a răcori atmosfera din oraș, stropind cu apă – nu foarte curată, din Dâmbovița – asfaltul încins și, evident, linia de tramvai. Eu funcționam la parametrii normali, aveam pe mine doar o geacă de motor fără mâneci, bermude și o pereche de pantofi sport. Casca era la locul ei, pe cap, precum și mănușile de vară. Nu aveam protecții suplimentare și nici nu pornisem la drum cu gândul să cad. Eram relaxat și, din câte știu, nu aveam o țintă clară. Mergeam pur și simplu. La un moment dat – căci mereu există astfel de moment –, în partea dreaptă, pe lângă mine se rostogolea un Matiz, având o ținută destul de agresivă. Nu știu dacă de vină era casca mea foarte viu colorată sau numai soferița de la volan avea gânduri în ceea ce mă privește. Cert este că s-a repezit puțin spre Suzy – nu știu nici azi din ce motiv – cu tot cu mașină, evident, și m-a forțat să intru pe linia de tramvai de pe care apa nu avusese timp să se usuce. S-a întâmplat ce trebuia să se întâmple. Roata a fugit, am simțit cum motocicleta se lasă moale sub mine și am procedat cum citisem eu într-o carte: am lăsat motorul să se ducă pe drumul lui și am pornit spre asfalt pe drumul meu. Spre asfalt și, ulterior, într-un unghi destul de închis, spre o bordură. În timp ce alunecam pe spate, recunosc că eram destul de speriat, căci nu mai știam nimic nici de traiectoria motorului, nici de soarta lui. Priveam oarecum îngrijorat și mașinile din trafic, sperând ca niciuna dintre ele să nu vină să mă „salute" de aproape. Am luat contact cu bodura, dar nu-mi amintesc să mă fi durut ceva și - ceea ce m-a mirat și pe mine - am sărit în picioare ca din arc. „Motorul, unde e motorul?!", au fost primele cuvinte pe care mi le-am spus și m-am repezit spre el. Așa cum era de așteptat, și el a avut o traiectorie oarecum asemănătoare cu a mea, doar că, din fericire, sub un alt unghi. Am încercat să-l ridic, era greu. Un agent de pază de la un hotel din apropiere s-a repezit și m-a ajutat. Nu-mi amintesc nimic în afară de acel om și de dorința mea insistentă de a ridica motorul și de a verifica dacă „mai trăiește". Chiar dacă a pornit greu, după aia a fost OK. Nu aveam nimic rupt. Nici el și, din ce vedeam, nici eu. Eram un sac de adrenalină. Nu mă durea nimic, nu simțeam niciun fel de durere. Doar o agitație stranie și o bucurie lăuntrică. Trânta mea se pare că a fost atât de rapidă, precum și revenirea la vertical, încât nu a fost sesizată de prea multă lume. Cu atât mai puțin de acel Matiz, care nici măcar nu s-a oprit. Dar nu-mi păsa. În sfârșit, căzusem, în sfârșit intrasem și eu în rândul lumii. M-am așezat pe motor, foarte fericit că totul era bine, și am decis să mă îndrept spre casă. Simțeam că o să am ceva dureri după ce adrenlina își finaliza efectul și nici de plimbare aiurea nu prea mai aveam chef. M-am urcat mândru pe Suzy și am făcut cale întoarsă. În timpul mersului, priveam oarecum superior pe cei care se uitau destul de insistent și aveam senzația că toți știau că am căzut. Privirile le simțeam lipindu-se de mine, dar mândria mea nu cunoaștea frontiere. Făcusem față primei căzături.

Odată ajuns acasă, am parcat motorul și m-am îndreptat spre vecinul meu, pe care veșnic îl găseam stând la poartă. El mă privea destul de fix, dar am trecut repede peste acest mic amănunt. I-am explicat că am avut o primă căzătură, dar că eram bine și motorul meu la fel. A dat înțelept din cap și mi-a spus că se vede de departe că am căzut și, ca urmare a privirii mele întrebătoare, m-a îndemnat să-mi privesc posteriorul. Și atunci am înțeles de ce toți mă urmăreau cu privirea când mă deplasam prin oraș. În momentul căzăturii, tot șocul a fost absorbit de alunecarea mea pe asfalt, pe o porțiune de 10 - 15 m. Geaca de motor, cu protecția specială, și-a făcut treaba cât a fost vorba de spate. Dar bermudele, din material obșnuit, se tociseră și acum ofereau privirilor o pereche de fese foarte, foarte roșii. Și ca să fie totul așa cum trebuie să fie, pe mijloc rămăsese un fir de material, astfel încât aveam impresia că purtam o pereche de chiloți tanga. Era o imagine cum nu vezi în fiecare zi și, zâmbind, mă gândeam destul de departe la ce anume credeau cei care m-au văzut mândru pe motor, cu fesele roșii ca focul, dogorind chiar, ei neștiind de fapt că eu avusesem totuși un contact destul de serios cu asfaltul. A fost latura exotică a acestei căzături.

Peste câteva ore, odată cu lăsarea serii, dar şi a adrenalinei, am început să am dureri cam peste tot, în mod spscial la glezna stânga. Am decis să mă duc la spital, să văd ce am. Am aflat cât de trist devine totul când e să apelezi ca om, dar şi ca motociclist, la serviciile de sănătate din Bucureşti. Am mers la Spitalul Floreasca - un spital de urgenţe, pe numele lui - şi am simţit, pe lângă durerea de picior, care devenea din ce în ce mai vie, şi comportamentul personalului medical de urgenţă. Când au văzut că nu vin cu salvarea şi cu poliţia după mine, m-au tot plimbat pe culoarele de acolo, fără cărucior şi fără targă, până când începusem să ştiu fiecare dungă de pe podea, ce rol are şi unde are să te ducă. Era un prim contact cu spitalele româneşti şi, după mai bine de o oră de pierdut vremea pe acolo, am decis să mă duc acasă şi să ţin piciorul la gheaţă toată noaptea. Lucru pe care l-am şi făcut. Evident, dimineaţă eram ca nou. Doar o febră musculară mă mai stresa, dar a tăcut şi aia în două zile. Pe motor nu m-am urcat preţ de o săptămână. Nu ştiu dacă era frica sau doar un mod al meu de a medita dacă să mai rămân pe două roţi sau nu. Faptul că încă nu întrezăream plăcerea nebună, de care păreau a se bucura ceilalţi atunci când conduceau, m-a făcut să nu înţeleg încă în totalitate plăcerea lor. Suzy mă antrena în mers, o simţeam sub mine, însă un aşa mare extaz, atunci când survolam şoseaua, nu găseam. De aceea continuam, călătorie după călătorie, în speranţa că se va găsi şi pentru mine un răspuns.

Într-o zi plăcută de toamnă, am pornit cu V.R. şi încă un amic motociclist pe traseul Bucureşti – Târgovişte – Sinaia – Bucureşti. La Târgovişte am oprit să vizităm ruinele ce formau odinioară Curtea Domnească, ce datează din timpul domnitorului Mircea cel Bătrân. Ulterior, Vlad Ţepeş a adăugat construcţiei şi Turnul Chindiei, de unde se pot admira, de la o înălţime de 27 de metri, împrejurimile oraşului – mai precis căsuţele rudimentare din care răsar câteva blocuri moderne. Numele turnului a ridicat unele semne de întrebare, cercetătorii concluzionând că şi-ar avea originea din arhaicul *chindie*, ce însemna *apus*. În acele vremuri, la apus, străjerii turnului aveau îndatorirea de a da semnalul prin care cele cinci porţi ale oraşului să fie închise, urmând că nimeni să nu mai intre ori să părăsească oraşul până la răsăritul soarelui. Turnul a fost ridicat peste pridvorul bisericii construite de Mircea cel Bătrân, care însă acum nu mai păstrează decât urme ale zidurilor altarului şi naosului. Pronaosul se află sub actualele ziduri ale Turnului Chindiei. Ca orice turişti curioşi, am urcat şi noi pe scara spiralată cu trepte din lemn vechi, ce scârţâia la fiecare mişcare. Din vârf, panorama era superbă, mai că îi invidiam pe cei ce locuiseră cu sute de ani înainte aici. Suzy era parcată în vederea mea, însă de sus mi se părea atât de mică, un punct negru pe veşmântul verde al pământului. La coborâre, situaţia s-a inversat, pe cât de uşor urcasem, pe atât de greoi am putut ajunge la intrarea ce dădea spre curtea interioară. Aveam impresia că alunec la fiecare pas, că scara se va învârti şi nu voi fi în stare să mă susţin. M-a luat o ameţeală cumplită, din care am răzbit numai cu ajutorul amicilor mei. Într-un final, am ajuns la motoarele ce ne aşteptau în linie, unul lângă altul, şi am plecat înspre Sinaia. Afară încă era cât de cât călduţ, drum uscat; soarele ne bătea în spate, astfel că până la cota 1000 totul a decurs lin. Apoi, încet, a început să ne cuprindă panica, deoarece, pe măsură ce coboram spre Sinaia, ne aştepta multă umezeală, polei şi un frig de-ţi îngheţau oasele. Nu puteam să nu mă-ntreb cum Dumnezeu vom supravieţui noi, trei motociclişti, mergând pe curbele aventuroase de la cota 1000, înapoi până la Bucureşti, pe un drum umed în proporţie de 90%, impregnat cu ceva polei pe anumite porţiuni. Când am ajuns pe DN1, eram deja aproape casanţi, îngheţaţi bocnă, toţi trei. Din acel moment nici că mi-a mai păsat ce-i cu mine. Am urmat mersul prietenilor mei cu peste 100/h, gonind, tot gonind pe întuneric, să ajung mai repede la Bucureşti. Nu mai exista noapte, nu mai auzeam sunetul distinctiv al cauciucului pe stropii de apă. Nici măcar nu mai conta faptul că nu îmi mai simţeam picioarele. Ceilalţi, cu siguranţă îmi împărtăşeau sentimentul: nu ne mai interesa dacă murim sau nu, ajunsesem toţi în starea în care efectiv nu ne mai păsa. Singura ţintă era să ajungem acasă, într-o cadă enormă cu apă caldă. Suzy m-a dus cu bine până la destinaţie, iar cum am ajuns, am lăsat-o în curte să-şi destindă roţile încinse de alergătură.

Ieşirile împreună cu V.R. nu erau aşa dese, el trecând printr-o perioadă mai aglomerată. M-am hotărât să-mi extind cunoştinţele în zona moto, să cunosc persoane noi. Nu ştiu dacă într-un mod bizar sau nu, primul astfel de contact cu alţi oameni din lumea moto, total necunoscuţi mie, l-am avut la înmormântarea unui împătimit în ale motoarelor, un copil de vreo 23 de ani, ce, din păcate, acum mergea să se odihnească mult prea devreme. M-a întristat mai mult vârstă fragedă la care s-a dus şi nu accidentul grav ce l-a făcut să nu mai fie. Nu am putut face nici o asociere între modul cumplit în care a murit şi situaţia mea de împătimit al vitezei, cum probabil sunteţi tentaţi să credeţi. Lucrurile în viaţă se întâmplă într-o anumită ordine şi, cel mai important, cred, este să trăieşti din plin atâta cât te duce banda ta. Restul se poate numi destin.

Momentan, îmi urmam cursul plimbărilor în care descopeream ceva nou de fiecare dată. De la modalităţi de mers în trafic, sfaturi ce prind bine oricărui începtor, până la cunoaşterea de noi peisaje, locuri cărora aveam să le aflu misterul. Undeva, prin primăvară, începutul lui martie, ne-am hotărât să facem o plimbare pe traseul Bucureşti – Braşov – Sighişoara – Mediaş – Sibiu - Râmnicu Vâlcea – Bucureşti, planificată pe termen de două zile. Pornisem în gaşcă mai mare, eu ţin bine minte că aveam şi un pasager. Am tras de săraca Suzy tot drumul, încercând imposibilul, şi anume să o fac să prindă mai multă viteză. Am oprit mai întâi în Braşov, oraş care numai prin simplul său aspect te îmbie să-i descoperi străduţele până în Centrul Istoric. Iar dacă mai adăugăm şi importanţa arhitecturală, culturală şi economică ce dăinuie de secole, atunci, cu siguranţă, am făcut bine că nu l-am ocolit. Patronul spiritual al Braşovului, denumit de comunitatea săsească *Kruhnen*, este considerată Fecioara Maria, a cărei statuie se află pe unul dintre contraforturile Bisericii Negre. Această biserică reprezintă, pe drept cuvânt, una din atracţiile principale ale oraşului. Ridicată la început ca bazilica romană şi distrusă mai târziu în marea invazie tătară, a fost reconstruită în 1377 în stil gotic, cu o lungime de 89 de metri. A fost avariată în anul 1689, când un incendiu mistuitor i-a cuprins zidurile până în temelii. În urma acestui neplăcut eveniment a primit denumirea populară de „Biserica Neagră", nume ce a fost oficial acceptat abia în secolul XIX şi păstrat până în ziua de azi.

• • •

Am rămas să mâncăm la unul din localurile special amenajate, pentru toate gusturile, de-a lungul străduțelor radiare ce duceau spre centru. Apoi, odihniți, ne-am continuat traseul spre Sighişoara, pe unde am trecut fugitiv. Eu cu Suzy eram tot în spatele coloanei, încercam să ne adaptăm viteza la mersul celorlalți. Simțeam motorul sub mine, simțeam roțile cum fug lin, însă nu ştiu de ce nu puteam să am expresia aceea de fericire pe care amicii cu care eram o aveau în momentul în care îşi scoteau ori îşi puneau casca. „Posibil să fie un proces mai lung, cu care eu încă nu m-am familiarizat", îmi spuneam eu în gând. Am oprit în Mediaş, unde, după o plimbare consistentă, am şi rămas peste noapte. „Cetatea Luminii", după cum o descriu localnicii, scăldată de apele Târnavei Mari, unde simbolurile din vremea cavalerilor – ce se întreceau în turniruri – se împletesc cu misterul labirintului pierdut sub negura pământului, şi-a deschis porțile şi în fața noastră, lăsându-ne să-i cutreieram fiecare colțişor. Ne-am lăsat motoarele într-o parcare amenajată în aer liber şi am luat-o la pas, vizând principalele puncte de atracție turistică. Prima dată am oprit lângă turnul Bisericii Sf. Margareta, despre care aveam să aflu că se numără printre cele dintâi zece turnuri înclinate din lume. Cu o înălțime de 68,5 metri şi o înclinație de 2,28 metri, acest turn a strâns în jurul său breasla pietrarilor. Cei mai iscusiți meşteri ai bisericilor evanghelice din Bistrița şi Sibiu s-au luat la întrecere, etalându-şi întreaga măiestrie pentru a-l ridica cât mai aproape de cer. Se spune că trufia lor a fost pedepsită de divinitate, care nu a permis turnului să rămână vertical. În vârf are o sferă aurită, iar la capătul scărilor a fost plasată, în secolul XVIII, statuia vestitului Thurm Pitz, în traducerea noastră *Petre din turn*, sculptată în lemn şi considerată una din cele mai vechi statui de lemn. Am vizitat, apoi, şi celebra închisoare din Turnul Mariei, în care se spune că ar fi fost găzduit pentru câteva ore Vlad Țepeș în drumul spre închisoarea Visegrad, din Budapesta. Tot în Turnul Mariei erau torturați răufăcătorii cetății, însă în mod contradictoriu a ținut și loc de capelă în timpul epidemiilor de ciumă. Pe una din clădirile din centru am observat, la un moment dat, statuia unei femei torcând dintr-un fuior, aspect ce m-a dus cu gândul la harnicele femei dace. Curios să aflu dacă imaginația mea are vreo corelație cu realitatea, am întrebat pe cineva din părțile locului ce anume reprezintă. Așa am aflat că statuia era considerată a fi imaginea unei Ursitoare, ce pecetluiește destinul omului încă de la naștere. Am încercat să găsim urme ale unei posibile intrări prin labirintul subteran de tuneluri, însă fără noroc. Tot ceea ce știau localnicii era la nivel de legendă, transmisă din generație în generație. Ne-am retras pe înserat la terasa unei vile, unde am și rămas peste noapte. V.R. și ceilalți amici păstraseră aceeași veselie pe chip și cu aceeași grijă s-au îndepărtat de motoarele parcate undeva în apropiere. Eu, în schimb, eram extenuat și nu înțelegeam dacă asta se datora plimbării, ori faptului că mi-aș fi dorit și eu să-mi privesc motorul așa cum o făceau ei.

— *Posibil să ai nevoie de altceva!* îmi spuse V.R., în timp ce stăteam la masă, observându-mi iritarea.

— *Poate nu sunt eu făcut pentru asta!* i-am răspuns eu.

— *Nu cred! Și eu am momente în care îmi doresc puțin mai mult. Și dacă aș putea, aș încerca să merg pe motorul de care ți-am vorbit! Pe care ți l-am arătat atunci, la mare!*

— *Ce are motorul ăsta și celelalte nu?* îl întreb pe V.R., care îmi spunea de Hayabusa.

— *Vezi tu, nu știi niciodată ce te reprezintă sau ce vei găsi, până nu încerci!* îmi sublinie el, fixându-mă atent.

*— Nu-mi împuia capul cu asta! Eu te întreb ce are special?!?* mi-am rotit ochii, încercând să obțin, în sfârşit, un răspuns concret. *Eu am nevoie de adevăruri, nu ideologii.*

*— Uite, de exemplu, pentru tine, viteza!*

*— Normal că viteza! Asta îşi doreşte de fapt toată lumea care îşi cumpără un motor!* am concluzionat eu, pentru mine.

V.R. râse uşor, iar ochii săi pătrunzători se jucau în jurul figurii mele, dându-mi de înţeles că sunt încă departe de a înţelege. Îmi era prieten, iar eu eram un străin într-o zonă în care curiozitatea mea era, momentan, doar de faţadă. Nici măcar nu puteam intui schimbarea ce avea să se petreacă în viitor.

A doua zi, proaspăt odihniţi, am respirat adânc aerul curat, ne-am pus echipamentul, am tras viziera, am urcat în şa şi ne-am continuat traseul spre Sibiu. Eram atunci bulversat, şi pentru că undeva, în mine, simţeam că ceva se blochează de fiecare dată când îmi doream să iau avânt, să ajung într-un punct dintr-o mişcare. Şi totuşi mi se puneau bariere de propria motocicletă. Păcat, Suzy, păcat… şi cât mă enervează", mai răbufneam eu din când în când, iar ea, tăcută, continuându-şi forţat avântul, parcă îmi răspundea „e tot ce pot să-ţi ofer". Începeam să nu ne mai sincronizăm. Eu începusem să îmi pierd entuziasmul, să fiu dezamăgit, iar ea avea nevoie de cineva mai potolit, căruia să-i facă plăcere limitarea ei. Nici cu cei din zona moto nu mai puteam face o asociere precisă, mi-am dat seama că încă nu îi înţeleg pe deplin. Atunci, primul impuls mi-a dictat să o scot pe Suzy la vânzare, imediat ce m-am întors din această călătorie. Ceea ce am şi făcut. Doritorul s-a ivit instant, iar eu am predat-o în maximum două zile.

Momentan, episodul meu moto se încheiase sau aştepta, fără să îmi dau seama, un alt început.

Zilele curgeau în ritmul lor aleatoriu, unele mai repede, în vâltoarea agitaţiei, iar altele încet, în care îmi permiteam să îmi adun gândurile.

Lăsam timpul să se aşterne după cum îi era voia. Întâmplarea a făcut ca într-o zi să mă intersectez cu vechi cunoştinţe. Iar unul deţinea o motocicletă Suzuki GSXF Katana, ce mi-a atras imediat atenţia. Îmi plăcea cum arată. Era diferită. Reprezenta exact puntea de care aveam nevoie, ce-mi asigura trecerea de la nivelul mediu spre avansat. Dimineaţa următoare, primul lucru pe care l-am făcut, am sunat o cunoştinţă de-ale mele despre care ştiam că achiziţionează motoare second hand din străinătate. I-am spus că îmi doresc o „Katana", întocmai precum cea pe care o văzusem.

— *Sincer, îţi recomand altceva pentru ce vrei tu. Şi după cum te ştiu, mai degrabă te-ar ajuta o Honda VFR 800!* îmi răspunde serios amicul meu.

Am apelat la prietenul cel mai bun al omului, Google, ce mi-a arătat modelul. Într-adevăr, mi-a plăcut foarte mult, mai mult decât modelul ce-l văzusem. După o săptămână de căutări intense ale cunoştinţei mele pentru un model negru, cum îi specificasem clar că vreau, m-am dus să o ridic. „E o bijuterie!", mi-am zis atunci când am văzut-o cum trona pe platformă. După-amiaza ne găsea, pe mine şi pe V.R., delectându-ne cu un vin nobil pe teresa casei mele, iar în faţa noastră, admirat încontinuu pe gazon, VFR-ul negru ce arăta impecabil.

— *Să o stăpâneşti sănătos! Şi la cât mai multe plimbări şi la cât mai puţine incidente!* îmi ură V.R.

— *E altceva! E o altă stare!* i-am spus eu entuziasmat.

Într-un târziu, după lăsarea nopții, V.R. a plecat. Am cules repede casca de pe fotoliu și am zbughit-o călare pe VFR, neoprindu-mă decât în Vama Veche. Era momentul ca noul meu motor să cunoască locul în care a apărut prima scânteie. Marea, ce nu mai era nețărmuită, valurile nu mi se mai păreau că se sparg. Totul era așezat ca și cum s-ar fi aflat în povestea perfectă. Deși nu atingeam nisipul, îi puteam detecta strălucirea în micile particule ce răzbăteau dincolo de viziera căștii mele. Am mers mult atunci, țin minte că nu mă puteam pur și simplu opri. M-am întors în București, făcând un ocol pe la Iași, coborând spre Focșani, dând un tur și prin Brașov – Siriu. Am poposit, în cele din urmă, în distinsul furnicar, unde am lăsat VFR-ul la odihnă după cei 2000 de kilometri făcuți dintr-o răsuflare. Condusesem cu o oarecare teamă, însă aș fi condus încontinuu. Nu eram obișnuit cu poziția nouă, ce era necesară pentru acest model. Însă, eram pregătit să mă obișnuiesc, căci urmă o a doua zi, iar avântul meu nu putea fi oprit. Îmi iubeam într-atât de mult motorul, încât în iarna acelui an mi-am băgat VFR-ul în casă. Stătea cu mine în living, nu puteam să îl las afară sau în vreun garaj umed sau prea friguros. Nu cred că avea ceva de obiectat în privința asta. Ba din contră, era tare bun să-mi permită să-mi agăț hainele în șaua lui sau să beau cafeaua dimineață în prezența lui.

Nu cred că a existat vreo primăvară pe care să o doresc mai repede decât cea care se apropia. Mă odihnisem destul, iar VFR-ul meu, pe care îl salutăm în fiecare zi înainte de a pleca la muncă, stătuse prea mult timp neclintit pe covor. Imediat ce au apărut primele semne de căldură, odată cu înmugurirea crengilor golașe, am permis VFR-ului să simtă iarăși asfaltul. Am dat curs începutului de sezon împreună cu V.R. şi nu a fost unul lipsit de oarece peripeţii.

Prima ieşire a fost pe drumul Bucureşti - Găeşti. Am luat-o înspre Piteşti, prin Găeşti, pe drumul vechi. Plecasem de dimineaţă amândoi, iarăşi spre îmbietoarele curbe din munţi, spre barajul de la Vidraru. Pe drumul nostru am trecut şi prin vreo două sate de oameni a căror îndeletnicire nu era tocmai una de muncă asiduă. Într-unul din ele, pe marginea şoselei, se jucau câţiva ţânci, sau aşa avusesem noi impresia. Cum ne-am apropiat considerabil de ei, copiii au început să arunce cu mere în noi, încercând să ne doboare. Pentru ei, probabil, totul părea un joc, o glumă din care să aibă cu ce se amuza. Pentru noi a fost un moment de emoţie, căci am fi putut accidenta pe unul dintre ei. Câţiva metri mai încolo, V.R. se trezeşte cum o femeie îmbrăcată într-o fustă lungă, în culori ţipătoare, împinge o bicicletă exact perpendicular pe axul drumului, prin faţa lui. V.R. a eschivat din acceleraţie şi ghidon în viteză, prin stânga, din scurt. Eu, cu VFR-ul, am ocolit puţin în dreapta. Din fericire, am putut evita un iminent accident. Ne-am desfătat, urmând forma fiecărei curbe ce se şerpuia printre brazii înalţi de pe o parte şi cealaltă a drumului. Făcând o pauză în apropiere de baraj, am admirat întregul peisaj montan. Barajul Vidraru, pentru a cărui construcţie s-au inundat în jur de 870 de hectare, finalizat în 1966, ocupă locul cinci în Europa printre construcţiile similare. A fost ridicat pe fostul sat Cumpăna, unde existau şi câteva vile impunătoare, ce aparţineau familiei Brătianu. Rămăşiţele caselor şi crucea de pe turla bisericii încă pot fi observate atunci când apele Lacului Vidraru scad. Legenda spune că, în momentul inundării, câţiva săteni erau atât de legaţi sufleteşte de locurile natale, încât au preferat mai degrabă să piară odată cu întreaga aşezare, decât să îşi părăsească casa. Dacă nu am fi ştiut aceste amănunte, nouă, cei ce-l admirăm acum, ni s-ar fi părut un simplu baraj, oarecum mai arătos decât celelalte. Căci, este adevărat că nu poţi aprecia şi înţelege sacrificiul făcut pentru un lucru, decât atunci când îl făureşti cu sudoarea şi truda propriilor tale mâini. Conştienţi pe deplin de acestea, ne-am continuat traseul în sunetul înviorător al motocicletelor.

Astfel începe fiecare sezon. Cu o primă ieşire. Apoi, urmează altele şi altele, ce te formează şi te modelează. Din păcate, formarea fiecărei persoane ca motociclist survine şi în urma unor incidente mai puţin plăcute. Trebuie să fii mereu cu băgare de seamă, cu atenţia sporită de zeci de ori, căci inevitabilul uneori poate fi fatal. De exemplu, cu altă ocazie, mergeam cu V.R. spre paradisul constănţean cu VFR-ul. El – în faţă, eu – la aproximativ 100 m în spatele lui. În comuna Castelu, parcă de nicăieri, a venit în drum, peste noi, un individ destul de suspect, cu o bâtă, pregătit să-l pocnească pe V.R. Bâta a trecut la câţiva milimetri de casca lui şi s-a întors supărată spre mine. În panică şi emoţii, m-am ridicat din şa, am luat mâinile de pe ghidon şi am făcut ceea ce mie mi s-au părut a fi scheme marţiale prin aer, cu gând să-l sperii pe atacator. A fost o decizie la secundă, singurul mod ce mi-a trecut prin minte prin care m-aş fi putut salva. Dacă mă pocnea cu ciomagul, ar fi fost de rău. Eram şi mare, cu costumul negru, cu casca mare, neagră, pe cap. Din fericire pentru mine, schemele au avut efect, omul a luat-o la sănătoasa. Era clar că persoana respectivă nu şi-ar fi putut controla nebunia şi că ne-ar fi lovit, din plin, cu sete. Eram pe de o parte agresiv, dar şi agitat. În comuna Corbul am redus viteza şi am coborât spre plajă. Ceea ce am calculat noi greşit a fost stratul de nisip ce ne aştepta în mers. Au încercat săracile roţi să izbutească prin grămăjoarele fine, însă s-au oprit atunci când stratul a devenit mai gros, învârtindu-se în gol. Am rămas amândoi înţepeniţi, uitându-ne unul la altul întrebător. Ne-am ajutat reciproc să ieşim. Mai întâi eu, ţinând VFR-ul de coarne şi trăgându-l pe şanţul înclinat, pentru a-l scoate la şosea. V.R. îl împingea din spate, ducând tot greul. Când se află în sfârşit pe marginea drumului, ne-am întors către Honda FireBlade-ul lui şi am repetat procedura. La final, ne-am admonestat reciproc şi ne-am promis să fim mai atenţi pe viitor.

M-am perfecţionat în tot acest timp la AmcKart. Am învăţat de la ei cum să mergi profesionist. Mersul printre jaloane, frânarea cu obstacol, frânarea cu deviere fără obstacol, mersul pe curbe. Este de preferat ca orice începător să încerce măcar aceste cursuri, pentru a pleca cu un plus de cunoştinţe la drum, deoarece nimic nu te păzeşte mai bine decât cunoaşterea şi atenţia.

— *Când pe motor îţi dispare complet frica, atunci probabilitatea de a avea un accident este mare!* îmi spunea S., pe care îl cunoscusem cu puţin timp în urmă şi care avea să fie prezent pe viitor în multe din aventurările mele cu motocicleta.

Am avut o perioadă în care îmi dispăruse complet frica. Eram Dumnezeu pe motorul meu, iar acum, cât îmi amintesc, această îndrăzneală avea să mă coste o sperietură zdravănă.

Dacă pe Suzy am învăţat cum să trec de primele emoţii, care este alcătuirea tehnică a unui motor sau să-mi ajustez corpul după forma şi trepidaţiile roţilor, cu VFR-ul am gustat stimulul ameţitor a vitezei. În definitiv, aici voiam să ajung, de aceea renunţasem la Suzy, pentru a mai simţi o dată ce simţisem lângă benzinăria de la Băneasa. Dacă ştii fiorul primei sărutări, primul salt cu paraşuta ori fericirea primei reuşite, vei înţelege şi exaltarea ce o simţi atunci când laşi totul în urma ta într-un clipit de pleoape. Din această exaltare s-a născut şi dorinţa mea de a cunoaşte mai mulţi oameni din lumea moto, să fac mai mult pentru pasiunea ce se cuibări pe nesimţite în mine, să o aduc la alt nivel. Pentru a-mi facilita acest lucru, am intrat pe forumul cel mai des utilizat de conducătorii moto. Acesta a fost primul pas. După discuţii aprinse cu câţiva oameni, pe acel forum, am decis să ne întâlnim la Ploieşti, unde să ne hotărâm serios asupra înfiinţării unei asociaţii moto în România. Acesta a fost al doilea pas. Am cooptat din toată ţara 16 persoane. Am decis cum se va derula totul şi am stabilit data de înfiinţare şi locul. S-a petrecut într-un timp relativ scurt, cu toţii am contribuit în acest sens. Se închega un loc oficial recunoscut pentru toţi iubitorii de motoare. La întâlnirea de la Bucureşti, la înfiinţare, lângă mine, la masă, s-a aşezat un tânăr într-un echipament închis la culoare. Înfăţişarea sa sobră nu m-a făcut să păstrez oarece distanţă, ba din contră, căci sobrietatea lui nu se răsfrângea asupra interacţionării cu persoanele din jur. Ne-am antrenat în discuţii felurite ce mi-au plăcut. Mă simţeam bine în prezenţa lui, iar ăsta e un aspect foarte important, cred eu, pentru fiecare. Era un antreprenor ca şi mine, aveam să descopăr că gândeam la fel şi ne completam în multe privinţe. A fost o coincidenţă sau poate nu. Dacă ştiţi sentimentul acela când vorbeşti cu cineva pentru prima oară şi ştii sigur că între voi e şi va fi o legătură strânsă. Din primele vorbe ne-am dat seama că suntem pe aceeaşi lungime de undă. De aici va porni legenda noastră.

S. avea acel tip de gândire raţională ce-i permitea să ascundă uneori natură lui altruistă. La prima vedere, îl puteai considera un realist incurabil. Logica lui foarte practică, calculele la rece, îţi puteau da uneori impresia de nepăsare sau distanțare de zona unei abordări blânde. Toate acestea păleau însă în momentul în care cineva din grup sau din afară avea nevoie de ajutor. În modul rapid în care sărea să dea o mâna de ajutor, să se îngrijească de altcineva puteai ghici adevărata lui capacitate umană. Pe de o parte, mie îmi lipsea acest echilibru în reacții, vedeam totul prin prisma afectivității; pe de altă parte îi admiram stăpânirea de sine și modul clar în care el vedea lucrurile. Probabil și din acest motiv ne-am apropiat mai mult, o parte o completă pe cealaltă. „Motociclistul este una, omul e alta", îmi zicea el, adesea. Din momentul în care l-am cunoscut pe S., lucrurile au luat amploare, totul s-a derulat în viteză. În mai puțin de o lună aveam să cunosc un grup de oameni minunați, alături de care am simțit că mi-am atins punctul maxim de dezvoltare personală și am reușit să descopăr misterul ce atârna sub valul unei simple pasiuni. Aveam să devenim noi, cei neînfricați, mereu pe picior de plecare.

S. avea un BMW K1200 R, o motocicletă foarte bună, foarte reușită, însă cam urâțică. Atunci, la prima întâlnire, am și programat o ieșire în doi cu motorul. Ulterior, am devenit și prieteni apropiați de familie. Într-un weekend ne-am programat să mergem cu mașinile la Sighișoara. Noi mergeam cu motoarele, iar fetele veneau cu mașina. Le-am lăsat pe ele să își facă bagajele, să se pregătească, iar noi am pornit cu motoarele spre destinație. Am plecat de la mine și am luat-o pe Jiului. El mergea în față, eu, în spate, la 50-60 m, după cum ne formasem obișnuința. De undeva, dinspre Aeroportul Băneasa, iese un Matiz, care se aventurează puțin spre S. Acesta se uită spre fața Matiz-ului și începu să îi facă în trecere semne apostrofatoare, reproșându-i că ar fi putut să-l lovească. Nu a mai apucat să vadă însă că se schimbase semaforului, roșul aprins forțând mașina din faţa lui să oprească. S. nu a avut încotro, s-a oprit cu o trosnitură puternică în Nissan-ul de la semafor. S-a rostogolit pe lângă motocicletă, nu grav. Din fericire, nu a avut nimic mai mult decât o sperietură. Pe de altă parte, motocicleta s-a lovit destul de tare, a fost scoasă din uz. Surpriză de ultim moment. Ce ne facem? Excursia la Sighişoara nu trebuia să se oprească, pe de altă parte plimbarea cu motorul ieşea din calcul. Am luat motocicleta lui, am scos-o aproape de aeroport şi am reuşit să facem rost de o prelată cu care am acoperit-o. Nu am apelat la poliţie, am strâns noi cioburile de pe carosabil. Am vorbit cu cei de la securitate de la aeroport să o lăsăm în incinta pe care o păzeau. S-a urcat în spatele meu pe motor, ne-am întors acasă, ne-am schimbat, ne-am urcat cu toţii în maşină şi am plecat. Am mers la Sighişoara, ne-am plimbat prin cetate, am mers la Danes. La Sighişoara urma să mai ajung de nenumărate ori şi de fiecare dată se găsea cineva în grup care nu mai fusese niciodată şi voia să vadă oraşul. Şi tot mergând, azi cu unul, mâine cu altul, am ajuns să cunosc toate denivelările asfaltului până acolo. Sighişoara, pe numele de *Schäßburg*, dat în vechime de germanici, a fost întemeiată de coloniştii franconi din regiunea Rinului de Nord. Mai târziu, coloniştii germani au fost încurajaţi să se stabilească în această regiune de către regele Ungariei, pentru a apara graniţele de est. Acestor colonişti li se oferă „pământul crăiesc" pentru a-l folosi după plac, împreună cu drepturi şi privilgii deosebite. Sighişoara de azi şi-a păstrat mult din aspectul medieval germanic, amprenta acestei culturi dându-i un mare farmec. Renumite au rămas şi cele 19 bresle meşteşugăreşti, ce au adus prosperitate şi au mărit producţia cetăţii. Se pare că tot aici, între zidurile protectoare ale cetăţii, s-a născut Vlad Ţepeş, cel ce va deveni domn al Ţării Româneşti şi a cărui domnie stârneşte controverse până în ziua de azi. Poate o să vi se pară ciudat, însă ceea ce m-a impresionat cel mai mult în Sighişoara a fost cimitirul săsesc. Minunea stă în pământul rânced, acolo unde arheologii găsesc comori în poveştile pierdute sau considerate fără importanţă în acele vremuri. Însă, fiecare are propria sa viziune şi fiecare judecă după considerentele personale. Ce m-a ajutat pe mine în viaţă a fost perspectiva liberă prin care vedeam lucrurile. Cu cât mă încumetăm să gândesc mai limpede, să pun pe hârtie idei ce se străfulgerau într-un colţ cald, cu atât creşteam şi eu de pe urma lor, mă înălţăm, nu doar social, ci şi ca viziune asupra a ceea ce mă înconjura sau credeam că mă înconjoară. Am realizat, în aceeaşi măsură, cât de important este să cunoşti oamenii potriviţi ţie pentru a evolua şi cât de necesar e dramul de noroc pentru a-i întâlni.

După plimbarea de la Sighişoara, am făcut o pauză de o zi sau două, apoi iarăşi m-am întâlnit cu S. la una din benzinăriile vastului Bucureşti, în ideea de a face un drum până la Ruse. Ştia el un local acolo unde se preparau o mulţime de bunătăţi, iar eu, cum îndrăgesc arta culinară, nu puteam refuza o asemenea ocazie.

— *Ţi-ai verificat cauciucurile? Vezi că băgăm tare mai încolo!*
— *Bineînţeles. Când plec eu fără să mă asigur că totul e bine?*
— *Eu ţi-am zis, să nu avem surprize!*

În timp ce noi dezbăteam siguranţa motoarelor noastre, în benzinărie îşi fac apariţia un Kawasaki ZX10 Ninja şi un Suzuki SV de 1000. Conducătorii lor alimentează şi se apropie de noi să ne salute.

— *Putem să ne aşezăm lângă voi?*
— *Cu siguranţă! Luaţi un loc!* îi invită S.

— *Eu sunt J., iar el e A.! Ne face plăcere!*
— *De asemenea!* le-am strâns noi călduros mâna.
— *Cum merg „căluții" voştri?* întrebă J.
— *Ca unşi! Tocmai se pregătesc de o mică plimbare!* îi răspund eu.
— *Unde?* întrebă A.
— *Până la Ruse şi înapoi!* răspund eu.

A. se uita cu subînţeles la tovarăşul său de drum, iar când acesta îi făcu un gest afirmativ, ne spuse:

— *Am putea să ne alăturăm şi noi? Mergem împreună!*
— *Da, de ce nu!* le răspunse S.

Am mai discutat despre capacitatea motoarelor noastre şi cu ce se deosebesc între ele şi am pornit împreună înspre Giurgiu, unde am traversat fluviul spre oraşul-port bulgar. Ruse are o istorie de câteva secole, pe cât de bogată, pe atât de impetuoasă. Aşezat pe malul drept al Dunării, a reprezentat şi încă reprezintă o zonă prosperă, de mare interes. În prezent e cel mai mare port bulgar, cunoscut în vechime sub numele de *Sexaginta Prista* sau „oraşul-port cu şaizeci de corăbii". Ne-am lăsat motoarele aproape de Centrul Vechi, am trecut pe lângă impresionantul Monument al Libertăţii şi am pornit la pas pe chei de-a lungul corsoului Alexandrovska, până la Parcul Orăşenesc al Tineretului. Ne lăsam purtaţi de farmecul oraşului şi absorbeam din aerul străin, nou pentru noi. Ne-am retras la localul pe care îl recomandase S. şi ne-am odihnit la câte o porţie de Tarator, chifteluţe cu praz şi salată Sopska. Apoi, am plecat satisfăcuţi spre casă. Dacă la venire mai aveam orişice dubii, acum îmi era cât se poate de clar. Toţi patru ne potriveam atât la viteză, cât şi la modalitatea de condus. J. era în frunte, conducându-ne. La fel ca A. şi S., părea făcut pentru Kawa lui. Ce postură aveam eu pe VFR nu ştiu. Nu mi-a zis-o nimeni, niciodată. De altfel, nici eu nu defineam prea bine relaţia mea cu acesta, era de ajuns că nu simţeam că mă trage înapoi. Probabil, dacă m-am întrebat vreodată „de ce VFR?", cu siguranţă am ridicat simplu din umeri în semn de „aşa a fost să fie" şi aşteptam să mă dumiresc pe parcurs. Nu ştiu nici dacă iubirea lui S. pentru motoare se rezuma numai la adrenalină sau era şi de altă natură, însă e cert că de la această primă ieşire, atunci când formam grupul, noi patru, flash-ul J., S., A. şi Tano menţineam centrul de viteză. A fost o înţelegere imediată între noi şi între felul de mers al motoarelor noastre. De atunci, de câte ori aveam ocazia am călătorit împreună.

Pe unii prieteni îi cauţi o viaţă întreagă, crezând că sunt făcuţi pentru a-i cunoaşte, ori că prietenia voastră va înfăptui lucruri măreţe. Iar unii prieteni vin spre tine, te cunosc într-un moment pe care tu nici nu-l conştientizezi atunci şi pe care îi urmezi până la capătul nevăzut al drumului.

În scurt timp de la plimbarea la Ruse, cum era evident, ne-am reîntâlnit, eu cu S., J. şi A. Am lăsat motoarele în parcarea de la benzinăria din Eroii Revoluţiei şi, cumpărând câte un fresh de portocale, zmeură ori fructe de pădure, ne puneam de acord cu privire la destinaţie.

— *Ce spuneţi, repetăm traseul?* întrebă J.
— *Nu mai bine o luăm frumos spre Olteniţa?* întrebă A., având poftă, cu siguranţă, de câteva curbe.
— *Eu ştiu ce să spun... Dacă ne apucă vreo torenţială?* le zic, cercetând norii cenuşii ce dădeau semne de instabilitate.
— *Mergem până la Giurgiu! Dacă e frumos, pornim mai departe! Dacă nu, ne întoarcem!* ne simplifică S. planul. Iar noi l-am aprobat.

Scrumam ultimile firmituri din ţigară, când observ, în treacăt, cum la alimentare intră un Maxi-Scooter negru, urmat de Suzuki SV roşu. Părea destul de confortabil pentru cel ce îl conducea, picioarele sale se puteau odihni pe postamentul ce lipseşte o motocicletă de acest plus. Cumva, fără să îmi propun acest lucru, privirea mea îl urmarea pe cel ce coborâse de pe scuter. Era o persoană scundă, un tânăr îmbrăcat lejer, sport, cum mi se părea că poartă pe sub geaca de protecție. La prima vedere, părea unul dintre mulți cei obişnuiți, posibil puțin mai sprinten şi bine-dispus. Râdea. Fără să ne dăm seama, de fapt, ne uităm toți patru în direcția lui. În benzinărie au mai intrat câteva motoare. Băiatul le-a făcut semn de salut cu mâna. Apoi ochii săi vioi, de un verde închis, s-au mutat către noi şi, văzându-ne echipați, cu motoarele lângă noi, s-a apropiat şi ne-a spus zâmbind:

— *Salut! Eu sunt Răducu. Azi este ziua mea. Împlinesc 30 ani şi mi-ar face mare plăcere dacă am merge şi noi cu voi în această plimbare!*
— *Măi, este OK, dar te poți ține după noi cu scuterul?* a fost primul lucru ce ne-a trecut prin minte.
— *Nici o problemă!* ne răspunse el râzând.

Avea ceva nobil în purtarea sa, lucru pe care noi l-am perceput instant şi ne-a făcut să-i acceptăm dorința fără ezitare. „Poneiul" lui atingea într-adevăr 150 - 170 km/h, lucru care pe mine m-a impresionat. Ce m-a uimit şi mai tare a fost păturica legată de „Ponei" pe care a tras-o pe picioare, pentru a nu simți curentul atât de puternic. Îşi crease propriul spațiu de coabitare cu scuterul său, ceea ce denota o puternică afecțiune pentru vehiculul ce-l purta în spate — pentru el era precum o casă mai mică. Am fost vreo 15 motoare, adunându-se şi câțiva amici din partea noastră. Era şi prima ieşire a lui R.F., după un accident avut cu un an înainte. Ne-am înşirat în coloană: eu mergeam antepeunltimul, Răducu în spatele meu, iar R.F. — ce avea o Honda Repsol — rămăsese undeva în depărtare, prudența ei sporită considerabil spunându-şi cuvântul. Suzuki SV-ul condus de L., după cum se prezentase şi-mi făcuse o bună impresie, mergea la aproximativ 100 metri în fața mea. Nu aveam destulă experiență de mers, astfel că, în scurt timp, motoarele s-au răsfirat. Când mergi într-un grup, dacă nu eşti cu acesta pe aceeaşi lungime de undă, astfel încât tu să mergi conform gradului tău de confort, fără să depăşeşti limita de viteză a instinctului tău de conservare, fără să depăşeşti modul tău interior de a scăpa controlul asupra motocicletei, înseamnă că acel grup rezonează cu tine. Eu am mers cu viteze mari, însă numai atunci când ştiam sigur că sunt în stare să am controlul total asupra mea şi asupra motorului. Altfel, nu mergeam.

Ne-am pierdut pe drum unii de alţii, dar ne opream pentru a ne aştepta, pentru a ne regrupa. Ajuns la un semafor şi văzând că Răducu şi R.F. lipsesc din spatele meu, am hotărât ca grupul să meargă înainte, iar eu să-i aştept. Înainte ca roşul-aprins să se prefacă în verde, Răducu ne-a ajuns din urmă şi am decis de comun acord să rămânem toţi să o aşteptăm pe R.F., ştiind că pentru ea nu e chiar o simplă ieşire. Până la Giurgiu totul a decurs fără probleme şi ajunşi în oraş trebuia să stabilim dacă facem popas ori continuăm spre Ruse. Răducu ne-a propus să rămânem alături de grupul cu care el venise şi să sărbătorim alături de ei. Coincidenţă sau nu, l-am urmat şi atunci şi mai apoi în momentele ce aveau să vină. Am ciocnit simbolic paharele pline cu orice găsisem fără alcool şi i-am urat noului nostru prieten tot ce fericirea şi frumuseţea vieţii pot cuprinde. Fiind sfârşit de sezon a rămas să ne vedem ulterior la Biker's Otopeni, iar până în primăvară am avut timp să ne cunoaştem cât de cât.

Cu această ieşire sezonul moto se încheiase pentru mine. I-am pregătit VFR-ului locul de hibernare, de data aceasta, în garajul pe care îl amenajasem încă din timpul verii. Cu Răducu pe iarnă am vorbit mai mult la telefon, dar cu J., S. şi A. continuam să mă văd. Cum a dat mai bine zăpada, am început să iau lecţii de schi. S. deja schia de o vreme, era as. De mine nu prea se prindea. Învăţam continuu cu un schior foarte cunoscut, o legendă a pistelor autohtone, ce acum la vârstă lui dădea lecţii pentru a rămâne cât de cât aproape de pasiunea lui cea mare: pârtia. După ce am prins eu cât de cât ceva, am plecat în Austria cu A., S. şi încă două cupluri. Eu stabilisem să merg cu maşina personală, împreună cu prietena mea, S. şi soţia lui. În ziua plecării, dimineaţa devreme, pe bordul maşinii termometrul indica -35 de grade. Era un frig năprasnic ce te ţintuia în loc, nu ştiam cum să-mi iau mai repede mâna de pe poarta de fier, să nu-mi rămână pielea lipită de ea. Ne-am înghesuit eu, S. cu soţia şi prietena mea într-o maşină destul de incomodă, suflând din când în când în palme pentru a alunga gerul. Prima oprire: benzinăria de la kilometrul 40, de pe A1, ce ducea spre Piteşti, unde ne întâlnim cu A., stăm la câteva cafele să ne mai trezim şi plecăm, înainte de a se lumina, spre Nădlac. La Sibiu, primim vestea că cel cu care trebuia să ne întâlnim avea să întârzie, astfel o pornim în continuare spre Arad în ideea să ne reunim cu toţii acolo. Pe la 14, 14:30, eram popoşiţi în Arad, oraş ce oferă mărturia existenţei unui grup de vânători *Homo Sapiens*, oraş ce şi-a dobândit al doilea libertatea după regimul comunist. Am verificat ceasul, eram în program. Ce nu am intuit noi era că în aceeaşi zi porneau spre zările albastre, spre noi orizonturi de trudă, cei ce plecau să muncească în străinătate sau, cum le spun românii în limbaj autohton, „căpşunarii". Graniţa era asaltată şi de petrecăreţii din timpul sărbătorilor, ce se întorceau acum spre casă. Nu ne-am gândit că toate hotelurile şi pensiunile vor fi pline până la refuz. Persoana ce trebuia să vină dinspre Oradea, dându-şi seama că la Nădlac va fi aglomerat, a preferat să treacă graniţa printr-un alt punct, ceva mai la nord, sunându-ne să ne anunţe aceasta tocmai din Ungaria. Ceilalţi pe care îi aşteptăm dinspre Sibiu, tot ne anunţau la fiecare jumătate de oră, ba ca au pană, ba că nu mai ştiu ce probleme. Şi de aici avea să înceapă distracţia. După câteva ore de aşteptare, ronţăind sandvişurile făcute de acasă pentru drum, fetele au început să bată din picior de nerăbdare. Am intrat, în cele din urmă, într-un restaurant şi am comandat după pofta inimii. Desigur, la mine pofta inimii nu s-a prea înţeles cu ceea ce mi-au adus în farfurie. I-am reproşat blând ospătarului că porţia mea este extrem de sărată şi că nu pot mânca aşa ceva. S. râdea pe sub mustăţi, văzându-mă deja flămânzind încă pe atât pe cât aşteptasem. Apoi, minunea s-a produs, o unicitate în plaiurile româneşti! Ospătarul, cerându-şi stânjenit scuzele de rigoare, a revenit în mai puţin de 15 minute cu o porţie – de data aceasta absolut delicioasă – şi cu o altă farfurie, pe care şedea aburind un cotlet de vită bine rumenit, din partea casei. După masa copioasă, ne-am trezit iar în vârtejul nervozităţii şi al grabei. Pe la 6 după-masă ne hotărâm să nu-i mai aşteptăm pe ceilalţi, cu toate că printre ei se afla şi cel care de fapt organizase toată treaba, cel care ştia traseul şi locul de cazare. La Nădlac nu prea era chip să treci, coada de maşini era interminabilă. Din fericire, A. ne-a condus spre alt punct de trecere al graniţei, pe unde am putut cu uşurinţă intra în Ungaria. Partea proastă a fost că până la autostradă am ocolit destul de mult. Partea şi mai proastă, căci, normal, nimic nu e uşor în viaţă, a fost că nu găseam nici un loc liber la hoteluri şi pensiuni, iar pe noi deja ne cuprinsese oboseala crâncenă a nopţii. A. a găsit două camere libere într-un loc mai mărginaş, dar şi aşa ne-am declarat mulţumiţi. Partea extrem de proastă a fost că GPS-ul ce urmarea adresa cazării ne-a ghidat fără să ne dăm seama într-o pustietate de câmp. Viscolul bătea necontenit, iar noi eram singuri, undeva în necunoscut. Cu greu ne-am învins pofta de a-l strânge de gât pe A. şi am pornit iarăşi în căutarea unui adăpost. La ieşirea din Ungaria spre Austria, trecem pe lângă o benzinărie. Coadă, îmbulzeală de maşini. Am trecut semeţi şi am amânat umplerea rezervoarelor pentru mai târziu, urmând cursul spre Viena. Aproape de Parndorf, ne dăm noi seama că benzina noastră e pe sfârşite, iar în cale nici urmă de benzinărie.

— *Ce naiba facem?* întrebă S. la un moment dat.
— *Dacă rămânem aici, parcaţi pe autostradă, primim amendă, sigur!* i-am răspuns eu.
— *Dar nu e nimic-nimic până la Viena? Rămânem pe aici, îngheţăm naibii de frig! Îl sun pe A. să-i spun să meargă înainte şi noi îl aşteptăm aici.*
— *Nu auzi, măi, că ne trezim cu amendă! Oricum la ora asta nu mai găseşti nimic deschis!* l-am repezit eu pe S.
— *Hai măcar să intrăm în Parndorf! Uită-te şi tu!* insistă S., arătându-mi becul de la gaz ce clipocea insistent.
Nu mai puteam gândi limpede. Mi-am tras fesul pe creştet şi mi-am aprins o ţigară. După ce am stins-o de metalul scrumierei de bord, m-am întors hotărât spre S.
— *Mergi pe mâna mea! Fie ce o fi!*

Şi am pornit-o înainte pe autostradă, aşteptând cu sufletul la gură să se întâmple ceva: ori să rămânem pe loc ori să se întâmple o minune. Când ne aşteptam mai puţin, minunea s-a produs, iar în faţa noastră s-a ivit o benzinărie. Nu vă puteţi închipui bucurie mai mare, parcă am fi ajuns la un ochi de apă în mijlocul deşertului. Am intrat în benzinărie şi m-am dus ţintă la raionul cu preparate, fiind lihnit de foame. S. se apropie şi el, îşi luă ceva de pe raft şi, văzând că zăbovesc, mă întreabă:

— *Ce faci, nu îţi iei nimic?*
— *Eu, să dau 2 euro pe un sandviş de un deget? Niciodată!* şi am plecat îmbufnat.

Până la urmă m-am întors după câteva minute şi l-am cumpărat. Îmi era totuşi foame. De abia la Linz am găsit cazare şi am putut dormi bine, lăsând stresul să se risipească precum viscolul ce ne urmărise până acum în călătorie. Ziua următoare, am ajuns proaspăt revigoraţi la Scheffau şi, normal, băieţii au început să se pregătească imediat pentru plecarea la schi. S. şi A., fiind avansaţi, cu o mare pasiune pentru acest sport, s-au dus sus în vârful pârtiei şi de acolo tăiau, tăiau vijelios zăpada. Eu, pe de altă parte, am decis că e mai favorabil şi util să duc fetele la cumpărături cu maşina, decât să îmi rup vreun picior pe pârtie. Azi aşa, mâine aşa, în cea de-a treia zi m-am lăsat convins să încerc şi eu. S. a rămas cu mine să mă ajute.

— *Haide, uite să încercăm aici!* spuse el oprindu-se într-un loc mai plat, fără denivelări.
— *Nu ştiu ce să spun, mi-e cam ruşine! Dacă o să cad?* mă sfiam eu.
— *Hai, curaj! Sunt chiar în spatele tău. Nu are ce să se întâmple!*

Eu aveam un stil foarte interesant de a schia. Îmi dădeam drumul la vale pe pârtie şi până jos ce era, aia era. Eram un periculos pentru pârtie şi eu conştientizam asta. Atunci, în coborâre, am căzut de vreo trei, patru ori.

— *Vrei să mergem pe altă pârtie?* mă întrebă S., ajungându-mă din urmă.
— *Nu, hai tot pe asta, că încep să o cunosc.*

Ne-am urcat în telescaun, eu cu o frică groaznică. La coborâre, s-a întâmplat ce era de aşteptat: am căzut într-un mod spectaculos, rămânând cu spatele în zăpadă şi cu picioarele în aer. În secunda aceea totul s-a oprit: telescaun, schiori, tot... şi vreo opt sute de perechi de ochi se uitau la mine.

— *Gata, asta a fost! Te-ai făcut de râs! Te-au văzut! Acum poţi merge să schiezi liniştit, orice ai face nu o să fie mai rău de atât!* râse S., văzându-mă cu dorinţa de a-mi băga capul în zăpadă de ruşine şi îmi întinse mâna.
— *Poţi merge! Eu mă duc să mă liniştesc la un pahar de vin fiert!* i-am răspuns apucându-i mâna, adunându-mă de pe jos.

Roşu la faţă, intru în micul local de pe dealul înzăpezit şi mi-am zis că e OK, toţi sunt înroşiţi în obraji din cauza frigului, nimeni nu are cum să observe că doar ce trecusem printr-un moment jenant. Mă aşez la o masă, încercând să-mi revin, totul parcă se învârtea pe lângă mine.

— *Was möchten Sie gerne trinken?*[1] mă întreabă surâzând simpatic chelneriţa ce-şi făcuse apariţia.

---

[1] *Ce doriţi să beţi?* (trad. germ.)

Mă uit la ea cu ochi mari. Nu ştiam o boabă nemţească sau orice dialect ce-l rostea ea acolo. Ce e bine e că în asemenea situaţii poţi intui uşor despre ce e vorba.

— *I want a mulled wine, please!*[2] mai bine de atât nu ştiam cum să îi explic.

Fata zâmbeşte, îmi spune repede încă un cuvânt lung, probabil „imediat" sau „aşteptaţi", şi se face nevăzută. Începusem să mă mai relaxez, să mai pierd din starea de tensiune. Starea asta nu a durat mult totuşi, pentru că o văd apropiindu-se şi-mi pune în faţă un pahar elegant cu picior lung de sticlă plin cu vin roşu. Mă uit iarăşi la ea cu ochii mari. Ea continuă să zâmbească larg. Scot portofelul şi plătesc. Ea pleacă fericită. Eu începeam să simt cum iar mă trec căldurile şi mi se înroşeşte faţa. În jurul meu toată lumea era destinsă, veselă, ciocneau cu halbe de bere şi căni cu vin fiert, iar eu stăteam că un domn lângă paharul de vin roşu luându-mi, de ruşine, un aer de superioritate. Când a intrat S. şi m-a văzut l-a pufnit râsul.

— *Ce faci tu aici?* râdea el.
— *Nu vreau să aud nimic! Niciun comentariu.*

S. râdea în continuare. Am mai mers o dată cu el pe pârtie, apoi i-am zis, înfingându-mi schiurile în zăpadă:

— *S., pentru mine schiul s-a terminat! Nici nu mai vreau să aud cuvântul ăsta vreodată!*

Era timpul să am un moment de singurătate, de revenire la normal. Am luat maşina şi am parcurs cele două ore, două ore jumătate până la München din dorinţa de a vedea ceva nou. Numele oraşului provine de la o colonie de călugări,

---

² *Vreau un vin fiert, vă rog!* (trad. engl.)

păstrându-şi termenul de „monah" din 1158, aşa cum este atestat în documente, până în ziua de azi. Münchenul, iarna, este desprins ca din basme, mai ales când peste zăpada de un alb imaculat se aşterne noaptea, iar luminile clădirilor şi ale beculeţelor multicolore te fac să visezi la o cană cu vin fiert şi la unul din sutele de sortimente delicioase de turtă dulce, la prepararea cărora, cei din pieţele anume pregătite pentru sărbători, sunt foarte pricepuţi. Străduţele, clădirile cu aspect de timp trecut erau îmbietoare, te atrăgeau să-ţi uşurezi sufletul, să respire altfel, însă în toată povestea asta la mine ceva lipsea. „Oare motorul meu e bine, e în siguranţă în garaj? Păcat că nu poate cunoaşte zăpada. De-ar trece iarnă asta mai repede!" Erau gânduri copilăreşti, răsărite de nicăieri şi din ceea ce cu încăpăţânare îmi doream în acel moment. Şi nu se putea. Eram undeva la mijloc între forma fieroasă şi starea de exaltare ce mi-o oferea ea în mers. Eram un străin prin lume, iar aşteptarea era greoaie.

În sfârşit, a sosit victorioasa primăvară cu mireasma ei de muguri fragezi. Cum am observat că asfaltul e tocmai bun de străbătut, nu am mai aşteptat să ne strângem mai mulţi. Era, parcă, într-o miercuri atunci când mi-am luat VFR-ul la o plimbare nocturnă. Eram singur pe autostradă, iar maşinile ce mai apăreau din când în când le depăşeam ca un fulger. Felinarele lăsau dâre intermitente în calea mea. Umbră şi lumină. Umbră şi iar lumină. În faţă un gol de întuneric. Într-acolo mă îndreptăm, căci întunericul nu conta. Din spate, la un moment dat, observ flash-uri insistente. Interesant! Eliberez banda şi fac loc. Atunci, cu viteza luminii, mă depăşeşte un Porche sau un Ferrari, nici nu am apucat să-mi dau bine seama, căci se duse pe lângă mine cu viteza întunericului spre care şi eu mă îndreptăm. „Oare e ceva mai mult? Nici VFR-ul nu mă poate îndestula cu ce am eu nevoie? Oare să încerc?" oftez descumpănit, amintindu-mi atunci vorbele lui V.R. şi imaginea gigantului din Neptun. VFR-ul meu mă poziţiona, prin puterea motorului său, pe la mijlocul coloanei, uneori mai în spate chiar, atunci când eram într-un grup numeros. Atât putea el, iar eu ajunsesem să înţeleg asta. Nu mai eram într-atât de contrariat şi supărat că atunci când o rugam pe Suzy să dea mai mult, iar forţele ei mi se împotriveau mut. Tot ce puteam face era să merg şi să cunosc.

Întâia ieşire cu grupul s-a extins, spre fericirea mea, pe două zile. Atunci când părăseam Bucureştiul, în general, era pentru mine o binecuvântare. Puteam, în sfârşit, să respir. Prima dată când am poposit la poalele munţilor Ciucaş, în vechiul Teleajen - pe care mai târziu sătenii aveau să-l numească Cheia -, nu ştiam mare lucru despre neclintirea munţilor. Citisem, într-adevăr, că aici se află cel mai mare centru de radiocomunicaţii din Europa Centrală şi de Sud-Est; la fel că aici găseşti principalul Observator Seismologic din ţară, însă acestea sunt detalii pe care le poate afla oricine interesat, cu un simplu click. Da, sunt lucruri de care ar trebui să ne simţim mândri în oarece măsură, însă nimic nu se poate compara cu învelişul haină-verde, cu ascuţişul negricios al vârfurilor de brad ori cu bătrâneii meniţi să ducă mai departe legendele şi savoarea mistică a locului. Cu o ceaşcă de ceai în faţă, ce aş fi vrut să-mi dezmorţească încheieturile în dimineaţa aceea de primăvară – abia mijită prin ochiurile de apă, lăsate de zăpada care-şi retrăsese scutul –, aşteptam, pe jumătate adormit, apelul la adunare. Îl vedeam pe G. retras la cealaltă parte a mesei lungi de lemn cum îşi aduna energia cu ultimile sforţări, încercând să deschidă câte un ochi, care, învins, se închidea la loc neascultător. S-a alăturat şi L., cu faţa lăsată de somn, ţinând în mână triumfătoarea ceaşcă de cafea ce-şi răspândea aroma revigorantă prin aerul curat de munte. Niciunul nu era dispus să mormăie nici măcar un 'neaţa scâncit. Fiecare era preocupat cu propria-i trezire. Moşuleţul nostim, ce-l reperasem aseară că ne adusese mâncărurile înfierbântate, se prezenta acum la datorie cu un blat de lemn încărcat cu slănină proaspătă, cinci sortimente de brânzeturi, praz, ceapă, iaurt, smântână, colăcei de pâine făcuţi pe vatră. Şi avea omuleţul ăsta, trecut prin multe anotimpuri, o iuţeală şi o voioşie, încât eu, din cruntă amorţire, cred că i-am aruncat câteva priviri suspicioase. Toţi de prin părţile locului aveau un sâmbure dinamic, un motoraş ascuns, ce odată activat, răspândea în jur bună-dispoziţie. A intuit el că noi suntem de prin zonele leneşe ale ţării, greoi că nişte vulturi pleşuvi ce aşteaptă la ceilalţi să le omoare vânatul, iar ei numai să vină să ciugulească în urmă. Îl văd că-şi umple o cană de lut cu iaurt, înşfacă o pâinişoară şi se aşează la o distanţă egală de toţi cei aflaţi momentan la masă.

— *Ehei, dragii moşului, nu mai fiţi aşa mâhniţi. Că de abia de acum încolo mijesc zorii, iar ziua de abia de-acum porneşte! Şi aveţi multe locuri frumoase de văzut!*
— *Ce e prin zonă mai interesant?* întrebă G. cu jumătate de glas.
— *Eu, interesant, nu ştiu ce înseamnă pe la voi, dar aici sunt tainele munţilor ce au îngropat poveşti din anii de demult. Dacă asta căutaţi, vă pot spune câteva locuri.*
— *Noi am venit aici să ne plimbăm!* răsări şi glasul lui L., mai dres după gurile de cafea. Moşul râse.
— *Pentru plimbări vin toţi la început. Apoi revin şi revin în fiecare an, mânaţi de un dor nebănuit. Şi continuă să vină, până ce află că ăsta nu-i loc de vizitat. Ci de amintit.*

Am căscat prelung. Mai tare îmi venea să mă culc la loc cu toate poveştile moşului. O avea el dreptatea lui, dar ora poveştilor e seara, la pârguiala focului, nu când se crapă de ziua şi trebuie să te ridici de la masă.

— *Ce poveşti, ce locuri?*
— *Grota Miresei, de exemplu. Se spune că pe la 1920, la patru zile de la nuntă, o localnică s-a aruncat din vârful muntelui de sare.*
— *O fi greşit mirele şi şi-a dat seama mai târziu!* râse înfundat G.
— *Unde-o fi norocul ăsta!* zic şi eu, plictisit, în acelaşi timp cu G.
— *Glumele voastre proaste!* se frecă la ochi L. Lăsaţi omul să spună.

— *E chițibușă mare dragostea asta! Nu știi niciodată ce sacrifici pentru ea. Fata de care vă vorbeam, musai părinții au vrut s-o dea după un fecioraș cu stare. Ea pe el însă nu-l avea la inimă. Și n-a putut trăi așa. Mulți spun că încă mai umblă pe apa sărată a pârâului ce ajunge până la muntele de sare.*

— *Munte de sare... da, e o salină pe aici! Trebuie să mergem acolo!* zise G.

— *Are și asta vreo poveste?* întreb eu.

— *Nu, are mese de billiard și ping-pong!* îmi răspunse S. din spate, ce ascultase întreaga conversație. *Nu v-ați trezit încă? Haideți, că în juma' de oră plecăm!*

Ne-am văicărit cu toții, trăgând din brânză și praz cu o silă molipsitoare. Moșul ne-a urat drum bun, promițând solemn că la întoarcere are să ne aștepte cu încă o poveste. Am pornit-o așadar cu motoarele spre salină. La bifurcația către Grota Miresei, G. ne dă imbold:

— *Haideți, să vedem fata!*

— *Ce să vezi, că nu e nimic de văzut! Numai apă. Doar nu crezi tot ce spune un localnic turiștilor!* îi explică L.

— *Lasă-l, măi, să vadă fata! Dacă băiatul e curios!* zise S.

Eu așteptam sprijinit în ghidon să se hotărască. Am întrebat pe un alt turist, în treacăt, cum se ajunge spre Grotă.

— *Aaa!, grota e închisă!* ne-a răspuns acesta. *Cică, acum câțiva ani s-a prăbușit întreaga stâncă. E legat cumva de o legendă. Cineva a murit mai demult aici și acum, când se pare că se împlineau 100 de ani de la incident, totul s-a prăvălit.*

S. i-a mulțumit omului de extra informație și, întorcându-se spre G.:

— *Ei, vezi! Alea nu sunt locuri de distracție! Hai în salină!*

Salina îți dădea o stare de bine, însă când am urcat în ascensorul metalic ce m-a zguduit de parcă era gata să cadă cu mine în orice minut, m-am cam panicat. „Ce-mi trebuia mie salină!" îmi tot ziceam în gând, făcându-mi cruci imaginare. Nimic de spus, a meritat zdrăgăneala cu hardughia fieroasă. Aerul înțepător te făcea să realizezi în ce fum înecăcios trăiam în prețiosul perimetru urbanistic. Am câștigat o oră de sănătate, iar răcoarea m-a trezit de-a binelea.

Întors în București, îmi făcusem un obicei din a trece să-l vizitez pe Răducu în timpul pauzei lui de muncă. Prietenia noastră se cimentase. Tuturor ne era drag zâmbetul și căldura cu care ne întâmpina de fiecare dată. Luăm două cafele de la un magazin vecin și îl așteptăm în fața sediului. Într-o zi, în lungile discuții pe care le aveam lângă actualul Skytower din Pipera, îmi spune că e tentat să își cumpere un motor. M-am bucurat nespus, deși îmi plăcuse imaginea pe care o avea pe scuter. Cunoșteam prea bine schimbarea ce o simțea Răducu înăuntrul său. Era, în sfârșit, pregătit să urce o nouă treaptă și era în căutări.

— *Știu, vine o vreme când ai impresia că nu e de ajuns!* i-am spus.
— *Nu neapărat că nu e de ajuns. Doar că avem asta în sânge, cred eu. Mai devreme sau mai târziu spre asta tindem toți. Spre altceva.*
— *La mine e o formă, o imagine. Și nu pot scăpa de ea!* îi mărturisesc eu.

Răducu mă privea întrebător.

— *Cred că e Hayabusa!* cât de straniu îmi părea numele acesta în timp ce-l rosteam.

El râse voios.

— *Pentru mine exclud aşa ceva din start. Nu cred că aş avea puterea să o stăpânesc. Mi-ar fi teamă încontinuu! Nu, rămân la altceva! Ce? Vom vedea!*

Dornic să-i fiu de ajutor, îl invit pe la mine să testeze VFR-ul. În aceeaşi zi, seară, i l-am pus la dispoziţie. I-a plăcut cum arată, a făcut câteva ture şi, oprind în dreptul meu, îmi spune:

— *Acum, hai să vedem cum merge cu pasager!* îmi surâse.

Mă uit în stânga, mă uit în dreapta şi înţeleg. Pasagerul, adică eu.

— *Nu cred că e o idee bună!* încep eu să râd.
— *Numai să încercăm!* insistă Răducu.

Şi am încercat. Eu eram mare, mare, el pe jumătate cât mine, mic, mic. Eu, să fiu pasager pe moto, e cumplit. M-am înfipt bine în spatele lui, cu picioarele târâş pe jos; ne-am chinuit mergând puţin pe străduţe, mai mult râzând. Concluzia finală: „Îmi place, îmi iau VFR. Tu vei fi primul care îl va testa.“

Ne-am adunat vara aceea la Biker's Otopeni pentru o mică băută. Am ales masa noastră pe timp de vară din grădină, sub umbrela protectoare. Muzica era o încântare, te transpunea într-un spațiu paralel, pe care îl percepeai în fundal. Un fel de al șaselea simt.

— *Din ce am văzut eu, vinovat a fost motociclistul. Spun asta din două motive. Unul ar fi că eu stau chiar acolo și știu ritmul semafoarelor, iar al doilea că sunt motociclist vechi și mereu mă tentează să fac ce a făcut băiatul, ceea ce reprezintă o altă problemă remarcată și asupra căreia e de meditat. Mergeam acasă pe scuter, căci prefer scuterul în oraș, iar la semafor am oprit să fac poze la locul faptei, chiar dacă eu puteam trece, neavând nicio oprelişte. După ce se pune în circulație zona, opresc lângă grupul de motociclişti, ascult ce vorbeau cu băieții de la rutieră, întreb dacă au cu ce să ia motorul, iar unul dintre ei îmi spune, în sictir, văzându-mă pe scuter, că vine o remorcă. Un altul, cu cască şmecherește pe cap, îmi spune să-mi văd de treaba că poate e târziu!* ne povestea P., o cunoştință mai veche, despre atitudinea ilogică a unor motociclişti.

— *Vezi, mai bine că ai venit tu aici să bem ceva! Aflăm şi noi pulsul!* îi spuse B. sorbind din bere.

— *Şi tu de ce umbli noaptea pe străzi?! Dacă stăteai acasă, nu te mai trimiteau la plimbare băieții mai mari, deținători de motoare! Păi, se încurcă ei cu scuterul tău?* glumi A.

— *Hmmm... după cum ai spus că s-a produs impactul, cred că, mai degrabă, asta era reclamă mascată la servicii funerare!* râse amicul nostru, T., citind pe telefon articolul despre accidentul din seara precedentă.

— *Vă rog, nici nu menționați de servicii de genul ăsta!* oftă Răducu într-un colț de băncuță. *Am visat ciudat azi-noapte. Că eram opriți la pauza de țigară pe Siriu, că a coborât unul dintr-o mașină, a venit direct la mine și a început să mă măsoare cu ruleta, fără să zică nimic. Nu mi-a ieșit din cap toată ziua, deci am stat în trafic în mașină azi.*

— *Ți-e frică? Ai?* îl îmboldi B.

— *Las-o bre! Vise de noapte!* încercă T. să îl liniștească.

— *În general, râd de treburile de genul, dar visul ăsta a fost prea intens!* mai oftă Răducu o dată.

— *Frică de motor... nu e prea distractiv. Eu zic să te eliberăm. Haideți, mâine pe Cheia – Siriu!* îi puse S. mâna pe umăr și-l scutură ușor. Răducu îi întoarse un zâmbet.

Am golit sticlele ce ne-au fost puse în față și am plecat gălăgioși, făcând planuri pentru a doua zi.

Ne-am întâlnit, după cum ne era obiceiul, la benzinăria de la Miorița. Ne strânsesem vreo 10 – 15 motoare. Cei câțiva care știam pentru ce era organizată mai mult ieșirea asta, ne uităm pe furiș, unul la altul, încercând să observăm starea de spirit a fiecăruia. Băieții păreau destinși, cu dor de plimbare, neatinși de unda negativă a plictiselii. Lui Răducu îi trecuse parțial presentimentul întunecat, iar acum stătea sprijinit în șa, cu alura sa veselă, sortându-și muzica pentru călătorie.

— *Haide, că ne apucă prânzul!* îi strigă S. lui G., care de abia sorbea din paharul cu cafea, între interminabilele discuții inițiate cu o parte a grupului. Și, apoi, întorcându-se către mine, reluă ideea precedentă.

— *Nu e vorba despre VFR. Sunt destul de mulţumit de el. Nu am de ce mă plânge. Dar... simt nevoia de a încerca altceva.* Am tras aer adânc în piept. *Simt că Hayabusa e motorul potrivit pentru mine.*

Gata, am spus-o. Ceva ce până atunci ţinusem numai pentru mine, când nici eu nu prea mă puteam hotărî de ce înclinasem să îmi arunc ochii asupra formei ciudate de bondar uriaş. Însă acum, în timp ce o rosteam, mi se părea mai clar decât apa cristalină: Busa e făcută anume pentru genul meu. S. a dat din umeri, a adăugat intermediarul „dacă aşa spui tu!" şi a pornit să-şi ocupe locul în fruntea coloanei. Eu, ca de obicei, am rămas ceva mai în urmă. G. mai spunea câte un cuvânt rapid în timp ce-şi potrivea casca, L. trăgea puţin de motor să-l pună pe traiectorie, B. stinse mucul de ţigară în asfalt şi-l aruncă la coş, Răducu dăduse deja drumul la muzică, aşteptându-i şi pe ceilalţi să încalece în şa. Printre noi erau şi câţiva nou-veniţi, probabil consideraţi începători, pe care nu trebuia să-i scăpăm din ochi, pentru a nu avea surprize. Barajul ne-a primit destul de repede. De data asta nu am zăbovit mult la gustărica şi sucurile de la benzinărie.

La Cheia, bătrânelul povestitor ne aştepta cu o carafă plină cu vin în mână şi, recunoscându-ne în momentul în care ne-am scos căştile, ridică băutură în aer, dând din cap bucuros. Ne-am aşezat la masă, ne-a pus înainte o ciorbiţă de miel dreasă cu iaurt, salată fragedă, ridichi, ceapă, o tocăniţă de roşii bine condimentată, după poftă, să-şi aleagă fiecare. Muntele era, că de fiecare dată, aproape de noi, desfătându-ne cu peisajele încântătoare.

— *Ați venit să vă odihniți sufletele?* întrebă moşul la sfârşitul mesei.

— *Mai degrabă ei!* răspunse S., arătând pe ascuns la cei noi din grup. *Noi suntem neobosiți!*

— *Da, el a descoperit o licoare magică şi nu vrea să o împartă!* râse L., arătând spre S.

— *Vă spun eu unde găsiți o licoare magică puternică cum sunt rădăcinile brazilor!* se apropie moşul iscoditor de noi.

Toți îl priveam tăcuți, cu ochii ridicați spre sprîncene. Ne captase atenția. Cine n-ar vrea să fie activ permanent?

— *Dacă urmați poteca din spatele cabanei, treceți pe lângă primul lanț muntos al Siriului, îi urmați cotitura pe dealuri spre poalele versantului. Acolo, unde dealul se uneşte cu poalele celor doi munți, veți găsi o cabană. La aceea să întrebați de 'nea Nelu şi să-i cereți găzduire. Să-i spuneți că v-a trimis Moş Anghel din vale. Mai sus de cabană se află un lac cu apă cenuşie. Strămoşii îl numeau Lacul Fără Fund. Eu, de la străbunicii mei l-am auzit drept Lacul Vulturilor. Acolo veți găsi ceea ce căutați. Cu „copilaşii" ăştia într-un ceas sunteți acolo!* zâmbi complice moşul, indicându-ne motoarele şi foindu-şi mustața pe dinții albi.

— *Numai poveşti!* râd eu.

— *Asta e una dintre ele!* răspunse moşneagul. *Ţie aş putea să îți spun, de exemplu, alta!*

— *Să nu vă oprească nimic!* îl încurajă Răducu, căruia îi plăcea glasul moşului.

— *Se spune că demult, odată, trăia un şoim în pustietatea piscurilor îngheţate, în crăpăturile cărora şi-a făurit un cuib!* începu Moş Anghel fixându-mă cu privirea. *Aproape de asfinţit îşi întindea aripile şi plana între* stâncile roase, dădea un ocol versanților goi acoperiți de spumă albă de gheață. Apoi, cobora aproape de zonele împădurite, pline de verdeață și hrană. Survola totul, își zărea prada de sus, de la marea înălțime. O fracțiune de secundă îi lua să se decidă, să își construiască întregul plan de atac. Ce în cea mai mare parte constă în zbor. Coborî în picaj, închizându-și aripile, pentru a fi una cu aerul și pentru a ajunge instant în apropierea vietății ce urma să-i asigure cina. Tocmai în această fracțiune de secundă se întâmplă ceva cu totul spectaculos. Când aveai impresia că dâra aceea neagră ce străfulgera perdeaua atmosferică se va contopi cu pământul sau îl va străpunge cu viteza sa fenomenală, tocmai atunci cu o determinare neclintită, șoimul cotește brusc în direcția prăzii, înșfăcând-o fără milă. Șoimului acestuia nu-i plăcea să vâneze, nu părea încântat de jocul cu prada ori de gustul sângelui. El trebuia să urce înapoi, sus, pe creste, pentru a-și hrăni familia. Zborul lui devenea o cursă dificilă înapoi, iar viteza ce o menținea era pentru a-și proteja puii de grozăvia foametei. Trebuia să ajungă în siguranță sus, la cuib, nu pentru el, ci pentru cei de care era – prin natura speciei sale împuținată de-a lungul vremii – unit pe viață. Într-o zi, se trezește lângă cuib cu un vultur mare, cu gâtul alb, pene maronii și cioc galben, ascuțit. „Te-ai culcușit în cuibul meu. Eu am fost multă vreme plecat, trăind printre oamenii de jos. Acum m-am putut întoarce, după atâta timp, și îl găsesc ocupat" îi zicea vulturul șoimului. Șoimul nu i-a răspuns. Vulturul, înstrăinat de locurile lui, se împrieteni în cele din urmă cu șoimul, deși acesta nu vorbea niciodată. Obișnuiau să meargă împreună la vânătoare. „Mi-aș dori să pot atinge și eu viteza ta" îi spuse odată vulturul și cauta să ia lecții de la șoim. Într-o zi vulturul propuse șoimului să *meargă la vânătoare mai aproape de lumea cu care ajunsese să se obişnuiască, cea a oamenilor. Merseră. Şoimul, cum îşi văzu prada alergând prin aer, dădu o dată din aripi şi se năpusti asupra ei. Era precum o săgeată ce se apropia din ce în ce mai fulgerător. Însă, porumbelul vizat, îi alunecă printre gheare. Şoimul îşi schimbase deja direcţia, pentru a se putea redresa în zbor. Dar, în lumea oamenilor sunt piedici şi capcane. Şoimul nu şi-a putut micşora viteza într-un timp atât de scurt şi intră din plin printre crengile unui copac pe care nu-l zărise înainte. S-a prăbuşit, fâlfâind neputincios dintr-o aripă. Până să atingă pământul rece şi-a dat ultima suflare. Vulturul, rămas în spate, îl urmă până la sol. Îşi dorise atât de mult să fie ca el, iar acum nici nu-l mai putea privi. Nepuntincios, îşi deschise pliscul şi îşi devora prietenul până la ultimele măruntaie. Aşa, îşi spuse el la final, o să aibă mereu o parte din şoim cu el şi îi va simţi în interior avântul!* încheie Moş Anghel povestirea.

Apoi se aplecă uşor către urechea mea şi îmi spuse şoptit, să aud numai eu:

— *Ai grijă! Şoimii mor în prăbuşire!*

Doream să îl întreb pe moşneag de ce şoimul din povestea lui nu vorbea, însă nu am apucat, căci S. ne zori.

— *Ar trebui să mergem, că se face târziu!*

Instinctiv S., G. şi cu mine ne-am uitat la ceas. B., L. şi Răducu şi-au ridicat privirea către soare, pentru a verifica cât timp mai avem la dispoziţie.

— *Dacă plecăm acum, apucăm şi o plimbare la lac până la apus!* concluzionă S.

I-am mulţumit în fugă bătrânelului, ne-am cules cheile de pe masă şi dă-i goană. Restul grupului a refuzat să ni se alăture – S., probabil, îi citise bine. Cumva, vorbele bătrânelului cu poveşti mişcară ceva în noi, ne puseră în funcţiune motoraşul curiozităţii. Drumul deluros ne hăţână destul, deşi ne menţineam la o viteză foarte decentă. G., în modul lui nehotărât de a se juca cu ghidonul, era să iasă de câteva ori în decor. S. îl apostrofă prin semne. La un moment dat am tras pe o parte.

– *Ce-i, mă, cu tine?! De ce mergi aşa ca zăpăucul?* începu S. cum se dădu jos de pe motor.
– *Dar cum mergeam? De la drum a fost!* răspunse G.
– *Dă-i pace, S.! A prins bolovanii ăia mici!* îl apără Răducu. *Trebuie să ne grăbim. Suntem încă în Valea Neagră şi nici nu am ajuns măcar aproape de Poarta Vânturilor. De acolo, până la Cabana Valea Neagră, mai sunt vreo 30 minute la pas. Transformate în câteva minute pe „copilaşi"!* îşi destinse tonul Răducu.

G. se scarpină în creştetul capului, încercând să înţeleagă.

– *Cum de ştii toate astea?* îl întrebai eu.
– *Am mai fost, mai demult! Într-o toamnă, ţin minte, căci totul în jur părea pârjolit de galben-auriu. Un imens pustiu fermecător. Acum, locul asta pare mai viu şi la fel de imens.*
– *Să ne aşteptăm la curenţi în Poarta Vânturilor?* întrebă G. la auzul numelui. Răducu râse.
– *Tu eşti primul care o să-şi ia zborul!* râserăm toţi.
– *Trebuie să fie o centrală eoliană ceva!* ridică L. din umeri.
– *De fapt, e doar o cruce!* o lămuri Răducu.

– *Tu, fată, nu face mutra asta! E un indicator turistic!*
încercă Răducu să o liniştească, când văzu cum L. se
schimbă faţă, la auzul cuvântului.

– *Eu zic să treci în faţă! Du-ne!* îl rugă S.

Astfel, ghidaţi de Răducu, ne-am apropiat de sfârşitul Văii
Negre, am trecut peste Poarta Vânturilor, imitând norii şi
am poposit, în cele din urmă, lângă Cabana Valea Neagră.
Deşi numele îi conferea o imagine închisă, dezolantă, nu
era mai prejos de o cabană obişnuită, din lemn masiv,
destul de joasă că înălţime, înconjurată de un ţarc dintr-un
lemn ce părea de aceeaşi vârstă cu cabana. Într-adevăr,
era parţial acoperită de nori gigantic, cenuşii, ce păreau că
se prăvălesc peste noi, iar în faţă zăreai vârfurile Siriului, la
fel de cenuşii.

Am căutat în toate părţile un locuitor al cabanei, un om
al locului, însă nu era nimeni. Cabana era pustie.

– *Unde-i 'nea Nelu, să-i cerem cazare? Nu-l văd nicăieri!*
zise G.

– *Nici n-ai să-l vezi, probabil!* întări S.

– *Mi se părea mie suspect! Cabana asta ştiam că
aparţine statului. Poate 'nea Nelu pe care-l ştia Moş
Anghel era aici „vânător" înrăit pe vremea... ştiţi voi
care!* ne spuse Răducu.

– *Nu avem nevoie de aprobare pentru a sta aici?* întrebă
S.

– *'Nea Neeeluuu? Ne dai voie să înnoptăm aici?* strigă L.
tare de răsună lemnăria.

– *Ce faci, tu, fată?* o întrebă Răducu.

– *Cer aprobare! Gata! Cred că putem sta!* îi zâmbi L.

– *Are dreptate, nu cred că deranjăm pe nimeni pentru o
noapte! Hai, G., la cărat!* îl îndemnă S. pe G. să
descarce sticlele cu bere pe care le-au putut aduce de
la Cheia.

— *Cam puțin, cam puțin!* declarai eu dezamăgit la verificarea totalului de sticle.

— *Nu avem lemne pentru foc! Trebuie să facem un foc!* se vaită şi Răducu.

— *Patul ăsta o să-mi rupă spatele!* răsări şi L. cu plângerea.

— *Nu mergem să vedem lacul?* întrebă G.

Preocupați de şedere, uitasem complet de lac. Înainte că lumina să se prăpădească sub arcuirea munților, ne-am strâns lângă ochiul semiglaciar de apă, ce părea precum o băltoacă permanent, numai că mai mare şi mai adâncă. Îți puteai imagina, simplu, uriaşi cu ghete deşuchete, cu şireturile atârnând precum funiile alpiniştilor, călcând din plin în malul întărit de pe fundul lacului, aruncând apa în lături sau dincolo de pisc. În mod bizar, uriaşul mă puteam imagina a fi chiar eu. De acolo, din vârf, puteam vedea lumea atât de mică. Puteam veghea în voie asupra ei. Luciul apei era o copie perfectă a decorului de deasupra capetelor noastre, iar noi nu îndrăzneam să ne oglindim în apa de o cromatică adusă parcă din altă lume.

— *„Aici vin vulturii, primăvara, de beau apă că să întinerească, aici îşi învăţă puii să zboare, deasupra acestei oglinzi fermecate mijesc de somn, cu aripile-ntinse, trufaşii regi ai înălţimilor".*

Vocea caldă a lui Răducu ne trezi pe toți din visare. Îl priveam suspicios. Rezonau aşa frumos cuvintele sale cu locul în care ne aflam, cu noi.

— *Asta spune Vlahuţă în povestirile sale de drumeţie!* ne lămuri el.

— *Te-ai întâlnit cu 'nea Nelu şi noi nu ştim?* întrebă L. în glumă.

— *Mă îndoiesc că 'nea Nelu chiar există! Cred că Moş Anghel ştia că o să ne trezim singuri şi că o să stăm, cum stăm acum, între lac şi prăpastie. O fi o ciudăţenie, dar cred că a intuit până şi faptul că eu s-ar putea să ştiu toate astea!*

— *Cum de le ştii?* întrebă G.

— *Le-a citit, e evident!* îi răspunse S. în loc.

— *Mai e o legendă, pe care am auzit-o mai demult, la o cabană la Cheia. Din timpurile în care cavalerii purtau armuri şi săbii, probabil. Când locuitorii acestui ţinut l-au numit Lacul Fără Fund. Se spune că un cioban, probabil plictisit de munca sa, îşi abandonează turma de oi, aruncă bâta în lac, ca să se convingă de faptul că a pus capăt unei etape a vieţii, apoi pleacă spre alte locuri. După un an, cu siguranţă surprins de ce-i văd ochii, găseşte bâta în apele Dunării. Aşadar, acest lac nu avea fund. A fost momentul în care l-a prins dorul de locurile natale şi de oile pe care le păstorea, astfel că se întoarce acasă, la vechea lui îndeletnicire.*

— *Oamenii muntelui nu pot fi oamenii Dunării! Mai devreme sau mai târziu se întorc! Cred că fiecare dintre noi ne întoarcem la un moment dat!* spuse S., parcă în continuarea lui Radu.

— *Să ne întoarcem aici cu toţii când ne-o fi dor de noi!* spuse L.

— *Oriunde am fi, să nu uităm ce ne uneşte şi datorită cui am format această prietenie!* adăugă G., privind motoarele lăsate la câţiva metri mai în spate.

Oare mă priveau aşteptând să îmi spun părerea ori să îmi împărtăşesc gândurile? Aş fi vrut acum să-mi amintesc dacă mă aşteptau. Dar capul meu vuia tot de un răsunet puternic precum vorbele lui Răducu, ce mi se înşirau ca un diafilm în urechi. *„Aici... vulturii. Învaţă puii să zboare. Cu* *aripile-ntinse. Trufaşii... ai înălţimilor"*. Hayabusa. Îi simţeam ca printr-un miraj vuietul roţilor, îi adulmecam viteza necruţătoare. Visul se înfiripă în mine tot mai viu, tot mai asurzitor, cu vocea liniştitoare a lui Radu, amestecându-se în ceea ce atunci, pe loc, am realizat ce sunt şi aveam să fiu. Hayabusa... în curând ne vom întâlni.

Răducu, ajutat de G., strânsese destule vreascuri pentru a ne oferi punctul de lumină ce ne era necesar în izolarea dintre munţi. Cabana nu era dotată cu electricitate, resursele ei minime ne arătau cum trăiau oamenii fără sprijinul confortului, fără pretenţii asupra aparaturii de încălzit apă ori gătit. Orice era rudimentar, aşa cum îi trebuia unui om cufundat în simplitatea naturii miraculoase.

După noaptea de pomină în inima dintre munți, mă prinsese o răceală uşoară. Întors acasă, îmi făcusem un ceai de tei şi tastam alene, plictisit, încercând să dau o formă articolului ce trebuia să îl termin până a două zi. Ploaia se oprise, norii se împrăştiaseră. Căldură începea să se simtă dincolo de geamul sticlos. „Gata, nu mai pot sta aici" mi-am zis şi, coborând în curte, mi-am luat VFR-ul şi am pornit-o pe drumul spre Ploieşti. Trebuia să mă răcoresc cumva. La întoarcere, am făcut popas la Biker's, să văd dacă dau de vreunul din prietenii mei. Imediat, la intrare, ce-mi văd ochii! Parcată frumos, m-a întâmpinat o Hayabusa. Şi, atunci, dintr-o dată se făcu o lumină orbitoare.

— *Acum e momentul! Semnul ăsta e al meu!*

M-am întors la 180 de grade şi nu m-am oprit decât la sediul Suzuki, de unde, în aceeaşi zi, mi-am comandat ceea ce pentru mine până atunci reprezentase numai un vis.

— *Aş dori să fac o comandă la dumneavoastră. Un motor!* m-am adresat eu, emoţionat, celui de la custumer service.
— *Ce fel de motor v-ar interesa de la noi?* mă întreabă el.
— *O Hayabusa!* îi răspund plin de mândrie.
— *Să vă arăt un catalog şi să-mi spuneţi ce culoare v-ar plăcea!*
— *Nu trebuie să-mi arătaţi nimic! Ştiu deja ce anume vreau!* şi fericit îi arăt domnului modelul de pe prima pagină a catalogului.

Acum, aşteptarea nu avea să mă mai chinuie multă vreme. Am sunat pe un prieten despre care ştiam că îşi doreşte un VFR şi i-am spus că îl poate avea pe al meu, căci nu aş vrea să ruginească în garaj. Mai bine îl are altcineva. Am renunţat la VFR, nu dintr-o ambiţie absurdă. Nu urmăream pe atunci nici măcar faimoasa legendă a Hayabusei. Eu îmi căutăm propria legendă.

Făcusem iar o plimbare scurtă pe Cheia, să-mi limpezesc creierul de fumul toxic al Bucureştilor. Aproape de intrarea în Otopeni, stăteam în cumpănă dacă să trec pe la Biker's, să mă răcoresc, ori să-mi urmez drumul până acasă. Decid să nu, depăşesc localul, uitându-mă fugitiv spre el, dar exact înainte de a întoarce capul să-mi văd de şosea zăresc o formă ce strălucea în soare. O Hayabusa. Am întors unde îmi era permis şi mi-am făcut intrarea în Biker's subit interesat. Model nou, identic cu al meu. Mi s-a pus un nod în stomac de emoţie.

- *Cine e proprietarul?* o întreb pe fătuca ce servea, arătând spre Busa cea neagră.

Îmi arată o persoană de la una din mesele de afară, un tânăr cu o înfăţişare distinsă. M-am dus la el.

- *Cum e Busa?* îl întreb eu direct. *Mi-am comandat şi eu una identică acum câteva zile şi sunt curios cam cum merge.*
- *Mai greuţ la început, până te obişnuieşti, apoi rupe! E o sezaţie maximă! Să vezi ce frumos ia curbele! Te pliezi pe ele fenomenal!* îmi explică el.
- *Cât duce?*
- *Peste 300. Te duce ca vântul! Când o primeşti, ar trebui să le împrietenim!* îmi spune el râzând.
- *Categoric!* îi răspund eu şi îi întind mâna, prezentându-mă.

*— R.B.! Încântat.*

Hayabusa este o legendă. Încă o dovadă a depăşirii limitei de existenţă a celor ce credeau că pot obţine mai mult. Însă, firea umană e croită anume să urmărească a se obţine pe sine la cel mai bun nivel. Iar eu mă simţeam pregătit pentru orice provocare. Nu peste mult timp, aveam să facem cu R.B., alături de cele două Hayabusa, o echipă extraordinară. Eram tentat să le spun şoimi, însă *Şoimul* e numai al meu.

Sunt kilometri distanţă la care ai dori să ajungi, sunt ţeluri de atins şi sentimente de împărtăşit. E posibil ca toate acestea să nu fie adevărata ta menire, e posibil, cuibul libertăţii tale să fie chiar aici, pe şoseaua obişnuită către casă. Aşa cum merge un om obişnuit de la muncă pentru a-şi îmbrăţişa fiul, pentru a ciocni un pahar cu prietenii sau pentru a încheia ziua în aşteptarea uneia mai ieşite din tipare.

Amintirile din acest moment îmi accentuează încă o dată că era primăvară, început de aprilie. Nu cred că poate să existe un moment mai frumos în viaţa unui motociclist, decât atunci când, la început de sezon, primeşte o motociclietă nou-nouţă, exact pe cea la care a visat de multă vreme. Am fost sunat că pot să merg la sediul Suzuki, aflat pe Centura Bucureştiului, de unde urma să ridic Şoimul. Eram atât de bucuros, încât nu am spus nimănui. Mi-am luat casca, mănuşile şi geaca, am urcat într-un taxi şi am pornit spre locul de unde urma să-mi ridic căluţul. Aveam emoţii. De fapt „emoţii" era puţin spus, tremuram! Ştiam cu ce aveam să mă confrunt, ştiam că era nouă, că era K8, că avea 193 CP. Ştiam legenda, o studiasem, o asimilasem în totalitate. Şi, pe urmă, în câteva minute, să o încerc, să încep să o îmblânzesc.

Primul contact a fost neutru, dat fiind că în jurul ei roiau mecanici şi alţi angajaţi ai firmei, am încercat şi am reuşit să-mi păstrez calmul. Eram oarecum apatic, dar nu ştiu în ce măsură cei din jurul meu vedeau că în interior eram precum un vulcan. După ce am rezolvat problema actelor şi asigurării, iar cei din service o pregăteau de plecare, m-am apropiat de ea, plin de încredere, şi m-am gândit că acum a venit momentul adevărului. Anii trecuţi trebuiau să mă facă să o duc în siguranţă în locul ce avea să devină şi pentru ea Acasă.

Mă aştepta cuminte, în uşa halei de unde tocmai ieşise. Am anunţat că o să fac o scurtă plimbare prin parcare, de acomodare, urmând că după, să plec spre casă. Aşa am făcut. Aveam de gând să merg cu zona „docilă", la o treime de cai, astfel încât să nu fiu luat prea dur încă de la început. Am pus „C"-ul şi am pornit. Era dolcilă, era calmă, era sigură pe ea. Frânele erau bune, mă asculta tăcută şi proceda aşa cum o rugam. Emoţiile au dispărut şi, plin de încredere, am pornit spre casă. Ştiam că era făcută pentru mine, şi din acel moment aveam să petrecem mult timp împreună şi mulţi kilometri aveam să străbatem. Cu varinta cea mai domoală am mers aproximatv 200 km şi, după aceea foloseam acest mod de mers doar pe ploaie sau pe teren alunecos. În restul timpului, era setată pe modul cel mai puternic, pe A, situaţie în care erau activi toţi cei 193 de căluţi. Pentru mine, adeptul viezei, Şomiul era un vis împlinit. De la acel moment puţine clipe au fost în care am stat departe unul de altul. Mă însoţea peste tot, îl iubeam şi simţeam că e reciproc. De-a lungul miilor de kilometri petrecuţi împreună, am reuşit să ne ajutăm unul pe celălalt, să ne scoatem din situaţii periculoase şi să ne bucurăm de calităţile fiecăruia dintre noi. Ea – pentru ceea ce reprezenta pentru mine, eu – pentru faptul că reuşeam, mai mereu, să scot de la ea tot ce putea să ofere. Amândoi începeam să trăim un vis.

A doua zi, m-am trezit cu acel fior de nerăbdare, amestecat cu o curiozitate ce ducea spre exaltare. Am scos Şoimul din garaj, i-am apăsat frânele – numai aşa, că să le simt în palmă – şi m-am urcat în şa. Am trecut pe lângă Arcul de Triumf, pe lângă Aeroportul Băneasa şi ţineam drumul pe şoseaua ce dădea la ieşirea înspre Piteşti.

Parcursesem câțiva kilometri buni, când încep să-mi simt degetele de la mâna stânga amorțind unul câte unul. Ceva nu era în regulă, nu avea cum să fie de la frig. Am întors și m-am înapoiat acasă. Ajuns în curte, m-am dat iute jos de pe motor, pregătit să îmi palpez mâna să văd ce se întâmplă. A fost singura mişcare pe care am mai putut să o fac. Tot piciorul stâng îmi rămase încleştat în sol, nu-l mai puteam simți, nu mai puteam merge. Am aşteptat câteva clipe să văd dacă are loc vreo schimbare, însă nimic. L-am sunat pe Răducu, destul de îngrijorat. Apoi, ținându-mă de şa, m-am aşezat în fund, lângă Şoimul meu, şi am aşteptat. După vreun ceas soseşte Răducu. Mă ajută să urc scările şi să mă aşez cu grijă într-un fotoliu.

— *E un lucru firesc, să ştii!* încercă el să mă liniştească. *Ai schimbat brusc poziția cu care erai obişnuit.*
— *Da, Hayabusa e mai complexă! Sper să-mi revin repede!*
— *Bineînțeles, e o chestiune temporară!*
— *Dacă n-o să-l pot conduce? Şoimul meu… dacă nu ne potrivim?* întrebarea asta mă măcina cumplit. Era singura care conta de altfel, în ciuda piciorului meu, momentan beteag.
— *O!, Hayabusa cere timp! Nu e ceva la care poți ajunge din două ieşiri. Nu-ți face atâtea griji!* încercă Răducu să mă consoleze. Prezența lui îmi făcea bine. Îmi oferea o punte pe care să mă odihnesc de furtuna în care intrasem.
— *Eu despre Hayabusa nu ştiu mare lucru, însă ştiu despre echipa formată dintre om şi motor. Şoimul tău zboară, dar tu îl conduci, tu îi arăți calea. Atâta timp cât vă aflați în echilibru, vă veți susține reciproc!* îmi mai zise Răducu şi se retrase, lăsându-mă să mă odihnesc.

Totul a fost aşa cum mi-a spus. „Îţi trebuie curaj să cunoşti Hayabusa la adevărata ei valoare, la adevăratul ei potenţial", mă animam eu cu acest gând şi mai făceam o cursă, mai aşteptam câteva zile să îmi treacă piciorul. Era o repetiţie în care fiecare vorbea pe limba lui, Şoimul cu gâtul întins înainte, iar eu încovoiat asupra lui, încercând să îmi fac spatele să nu se mai revolte, iar picioarele să se muleze perfect pe materialul metalic, fără a mai riposta. Lupta a durat aproape două luni.

După ce am trecut de primul impas şi am ajuns să rezonez perfect cu Şoimul meu, mi-am amintit de R.B. şi m-am decis să le facem celor două Hayabusa cunoştinţă. Eram foarte curios cum ar merge două legende în paralel pe aceeaşi şosea. L-am sunat şi am fixat punct de întâlnire şi punct de plecare. Astfel, împreună cu el şi încă trei amici de-ai lui, am pornit în sus, spre Moldova. Ne-am oprit undeva la o benzinărie între localităţi. Ce-mi trece prin cap! Mă duc la poliţiştii rutieri pe motor, parcaţi alături, şi îi întreb dacă sunt cumva radare până la Buzău. Nu că am vrea să mergem tare, nu. Doar că ne grăbim un pic. Poliţiştii neagă cu desăvârşire. Nu sunt radare. Am pornit din benzinăria de la Urziceni, trei Yamaha R1 şi două Hayabusa. Eram cinci „supăraţi". Eu eram în fruntea şirului, la mijloc cele trei R1, iar în spate, închizător de drum, R.B. În momentul în care am trecut podul de la Urziceni ce duce spre Buzău, am mărit viteza. Eu am ajuns într-o clipită la 290 km/h, cei din spate se menţineau după mine, iar R.B. ajunsese pe la 300 şi ceva km/h, căci voia să mă ajungă pe mine. După câteva sute de metri, normal, poliţie. Decizie la secundă. Am accelerat cu toţii şi, până să întoarcă maşină poliţiei, noi eram la 10 km distanţă, ne zăream undeva în depărtare. În apropiere de intrarea în Buzău, am mai încetinit, dat fiind faptul că e totuşi în zona de oraş. Dar, din punctul de vedere al codului rutier, eram totuşi puţin peste normalul acceptat. La intrare, de unde, de neunde au răsărit câțiva polițiști și ne-au tras pe dreapta. Mă dau jos de pe motor și mă apropii să vorbesc cu unul dintre ei.

— *Hai, stați aici cuminte pe dreapta și odihniți-vă, că știu ce ați făcut! Calmați-vă! Calmați-vă, că nu avem ce să vă facem!*
— *Dar, vedeți că am prins pe unul dintre voi cu viteză de 70 km/h. Știți că viteza acceptată e de 60 km/h, nu? Să iasă în față, că am să-i dau amendă!* spuse al doilea polițist.

Cine era acuzatul? Nimeni altul decât R.B., care, trecând prin dreptul motoarelor ne șoptește în treacăt:

— *Măi, să nu spuneți nimănui că m-a prins cu 70/h. Mă fac naibii de rușine cu viteza asta mică!*
— *Am auzit eu niște zvonuri prin stație! Nu cumva voi sunteți cei care au plecat în viteză din Urziceni?* ne întrebă subit primul polițist.
R. le-a înmânat carnetul pentru a-i fi verificate actele și să completeze fișa de amendă, în timp ce noi ne uitam complice unii la alții.

— *Nu, domnule! Nu știu, nu-mi amintesc bine! Despre ce vorbiți?!* le-am răspuns eu făcând pe neștiutorul.
— *Haide, uite cum facem!* mi-a răspuns calm polițistul. *Eu știu că sunteți voi, dar, vă rog să vă calmați, să vă trageți sufletul, pentru că fost prin zonă un accident urât cu un scuter și nu vreau să mai am alte incidente de acest gen! știu că sunteți băieți buni, nu trebuie să vă grăbiți așa!*

Ne-au lăsat în pace să plecăm după ce au verificat toate actele.

Plimbările cu R.B., ce-mi vin acum în minte, aveau un punct distractiv. Ne făcusem un obicei din a chinui pe cei de la poliția rutieră, ori de câte ori mergeam spre Bacău, în nordul Moldovei. Nu era din rea voință și nici lor nu le displăcea ideea. Mai ieșeau și ei din rutina zilnică. Eu cu R.B. fugeam, ei porneau în urmărirea noastră, iar noi le ofeream din când în când câte o marjă de apropiere. Când aveau impresia că ne vor prinde, apăsăm puternic în accelerație și „înghițeam asfaltul" în câteva secunde. S-a întâmplat totuși, la un moment dat, să ne ajungă din urmă și ne-au forțat să tragem pe dreapta. Când mi-am scos casca, ei se așteptau să găsească un puștan pus pe glume și erau pregătiți să atace într-un limbaj ironic.

— *Domnule, eu am crezut că sunteți un tânăr de 20 ani! Nu m-am gândit că sunteți…!* făcu el încurcat.

Apoi, dregându-și glasul, adăugă:

— *La vârsta asta faceți nebunii de genul?*
— *Da, mai copilăresc și eu!* i-am răspuns serios.
— *Domnule, aveți totuși grijă. Se întâmplă atâtea accidente!* se arată el preocupat.
— *Da, domnule polițist, cunosc riscurile îndeajuns de bine! Uitați, nu mai merg cu 300 km/h, mergem și noi cu 290!* am glumit, apreciind totuși preocuparea de care dădea dovadă în ceea ce ne privea.

Cu aceeași preocupare în suflet, probabil, mi-a semnat procesul verbal de amendă.

R.B., deși avea același tip cu Șoimul meu, întotdeauna prindea mai repede viteză ca mine. Mă încruntam puțin când observam că mă poate depăși, cu toate că mergeam cu același model de motocicletă. Probabil că era din cauza faptului că el era mai slăbuț și uşor pe motor, însă pentru mine acesta nu era un răspuns mulţumitor. Voiam să ştiu de ce. Şi, astfel, am ieşit noi la margine de oraş să desluşim misterul. Am făcut vreo două ture la viteze inimaginabile, însă R.B. tot mă depăşea. Am oprit, ne-am dat jos de pe motor şi ne-am aşezat la marginea drumului pentru o discuţie pe tema vitezei. Cum eram preocupaţi să vedem ce anume nu se potriveşte, nu am observat cum în spatele nostru stăteau doi poliţişti ce ne urmăreau atent, cu stupoare. Noi, care nici nu-i observarăm până în acel moment, le-am întors privirile pline de mirare. Niciunul din noi nu ştia ce să zică.

— *Nu vă supăraţi, dumneavoastră vreţi să vă bateţi joc de noi?* ne-au întrebat ei.
— *Ne cerem scuze, nu înţeleg, cum ne batem joc de voi?*
— *Şi unde vă duceţi?*
— *Păi, noi, cred că ne-ntoarcem! De ce? Doriţi să ne prindeţi?*
— *Mda!*

Am fost calm, nu am avut viteză la întoarcere, din obişnuinţa mea de a merge mai lejer, înspre Capitală.

Zilele ce au urmat mi-am făcut de lucru prin preajma casei, mai rezolvam din situațiile ce se iviseră între timp și cărora era necesar să le acord atenție. Mobilul îmi suna încontinuu, mă durea capul de atâtea convorbiri. L-am aruncat pe canapé, într-un târziu, și m-am dus în bucătărie să-mi pregătesc o gustare. Nu apuc bine cuțitul, căci iar îl aud bâzâind în materialul moale.

— *Da!* răspund eu oarecum iritat.
— *Salut! Te aștept la ieșire spre A2. Mi-am ridicat motorul!* se auzi vocea veselă a lui Răducu prin speaker.
— *Bun, bun, ajung imediat!* m-am luminat eu în glas, apreciind, în sfârșit, o convorbire care merita toată atenția.

I-am împărtășit bucuria și, lăsând salata pe care tocmai o preparam, am pornit înspre locul indicat de Răducu. Precum îmi promisese, m-a invitat să dau o tură cu VFR-ul lui vișiniu, nou-nouț. Am făcut deci schimb de locuri: el, așa, micuț încerca să îmi găsească stabilitatea pe Șoimul meu, iar eu, „mare și supărat", pe VFR. Răducu era fericit. Se părea că își găsise un tovarăș de drum pe măsura așteptărilor lui, iar VFR-ul avea acest dar.
Nu trecu mult timp, după ce îmi rezolvasem treburile prin București, când primesc o invitație de la R.B. să ne aventurăm iarăși spre Adjud. Îi era dor, pesemne, de o întrecere. Undeva pe la Focșani, la o benzinărie, am zărit cu o altă Hayabusa, model ceva mai vechi – cea nelimitată. Ne-au sticlit ochii amândurora. Eu nu țineam musai să o încerc, dar Șoimul meu a cerut să se întreacă cu ea pe un drum întins. Așa că, l-am rugat pe proprietar să facem o

cursa în paralel. Acesta a acceptat. Depistând posibilitatea, am rugat un poliţist rutier aflat în pauza de masă, dacă are îngăduinţă să ne monitorizeze viteza pe radar. Cu jumătate de gură a încuviinţat – s-a lăsat convins probabil şi el de situaţia inedită. Porţiunea aceea de şosea era în pantă şi fără nici o curbă. Aşa că, am pornit din vârf, accelerând în forţă. Bineînţeles că am fost depăşit imediat şi lăsat în urmă. Însă nu mă deranja. Experienţa în sine a fost ceva fabulous de bifat în catastihul amintirilor. O Hayabusa din trecut, lângă un Şoim tânăr, ce se străduia să menţină legenda de odinioară. Eu rămân la ideea că Hayabusa e cea mai bună motocicletă de serie din lume, deşi se vor găsi mulţi să mă contrazică. Pur şi simplu, Hayabusa mă caracterizează pe mine. Şi mai e o chestiune, indiferent cât de mult timp trece de când nu te urci pe Şoim, în secunda în care te eşti pe el, redevii acela care erai.

Ne-am dat întâlnire, mai târziu, la Biker's şi aveam să constat că era una din întâlnirile cu cei din lumea moto, pe lângă cea cu prietenii. Se strânseseră vreo 40 de cunoştinţe, Biker's Otopeni era plin de oameni în echipamente şi căşti fel de fel. Cei de la servire, alergau încolo şi încoace, chinuindu-se să ne facă pe plac tuturor, dar noi eram mulţi, iar ziua era una obişnuită, când majoritatea se afla încă la muncă. Am trecut pe lângă ei, mi-au răspuns de data asta la salut cu o admiraţie sinceră în voce. Mi-am luat locul obişnuit lângă S. şi lângă Răducu şi vedeam că lumea se tot uită nepreţuit la mine.

— *Ce e cu ei?* îmi întreb eu prietenii.
— *Ţi-ai luat Hayabusa! Trebuie să te obişnuieşti de acum cu privirile astea!* râse Răducu.
— *Te vor respecta la infinit! Îţi vor ridica statuie!* glumi S.
— *Haideţi, fiţi serioşi!*

— *Lasă, că pentru noi, tot Tano al nostru vei rămâne!* îmi zise Răducu. *Indiferent de circumstanțe.*

— *Referitor la circumstanțe, era să fac un accident cumplit!* le împărtăşesc eu. *A fost prima oară când am crezut că voi muri. Mergeam cu viteza legală, însă destul de mare ca un motor să poată frâna în condiții de siguranță. Am intrat tare într-o curbă la dreapta, fără prea mare vizibilitate şi, surpriză!, în fața mea se bloca drumul, sub forma unei coloane de maşini. La viteza mea, singurul meu punct de oprire ar fi fost în spatele ultimei maşini, lăsând în mâna Domnului tot ce avea să urmeze. Momentul acela de luciditate, când te afli în fața unui pericol imminent, mi-a dictat să mă pot încadra perfect într-o nişă de spațiu pe lângă coloana de maşini. Viteza pe care o aveam mi-a permis să mă opresc, după ce am depăşit cele trei maşini din spatele coloanei.*

— *Cum ai frânat? E clar că erai în plină curbă!* mă întrebă cineva de la masă

— *Da, asta de fapt a fost inițial o problemă, eram aplecat pe dreapta şi ghidonul era uşor cabrat. Am îndreptat motocicleta cu frâna din spate şi când am simțit că pot să pun față, am apăsat decis pe frâne,* am adăugat eu, cu gândul la cât de bun ar fi fost un ABS acolo.

— *Să ai şi tu băgare de seamă! Circumstanțe de genul ai să tot întâlneşti!* îmi spuse S.

Avea dreptate. Trebuia să fiu pregătit pentru orice situație. Cel puțin îmi găseam forța în fuga pe Şoim şi nu aş fi renunțat pentru nimic în lume. Până nu încerci prima oară un lucru, ce până atunci îți e străin, nu poți şti sigur dacă e bun pentru tine ori nu. Etichetările sunt cele care strică, încăpățânarea asta a omului de a desconsidera şi de a vandaliza tot ceea ce nu cunoaşte. Mereu am crezut că cei ce îşi dau măcar silinţa să încerce ceva nou pentru a se pune pe ei înşişi la încercare, dau dovadă de mult curaj şi spirit luptător. Într-o vineri, mă aflăm la locul de muncă, unde îşi petrec mai toţi mai bine de jumătate din viaţă şi, terminându-se programul, mă grăbeam spre ieşire.

— *V-am salutat! Eu merg spre Vamă!* am zis colegilor.
— *Ia-mă şi pe mine!* mă roagă unul dintre colegi ce-şi avea părinţii în Constanţa.
— *Nu se poate, că eu merg cu motorul!*
— *Nu e problemă! Hai, te rog, aş vrea şi eu să încerc!*

Mi-am dat seama că nu mai mersese niciodată pe un motor, că era ceva nou pentru el. Am acceptat. I-am împrumutat o geacă şi cască Schubert şi am pornit spre Vama Veche. Am plecat în viteză, căci nu se putea altfel, la gândul că la mare te aşteaptă o plajă, te aşteaptă o bere, te aşteaptă prietenii. La întors, mergeam mult mai încet, căci Bucureştiul îl ştiam pe dinafară şi de aşteptat nu mă aştepta decât rutina săptămânală.

— *Tu te lipeşti de mine. Unde mă duc eu, vii şi tu! Dacă ai făcut prostia să te duci în altă parte decât unde mă duc eu, murim amândoi fără probleme!* i-am făcut eu instructajul înainte.

Autostrada nu era încă terminată pe atunci. De la Cernavodă ajungeai la Constanţa pe drumul vechi. Între localitatea Castelu şi Medgidia sunt câteva curbe interesante şi era o plăcere să le iau împreună cu Şoimul. Cum, de data aceasta aveam pasager, iar stabilitatea mea pe motor era considerabil mai mare, am decis să mă aventurez. La intrare în Castelu m-am întors către F. şi i-am zis:

*— Te lipeşti de mine şi aşa rămâi! Altfel, murim amândoi!*

Nu mi-a răspuns, dar am simţit cum mă strânge în braţe cu toată puterea. Am intrat în curbă de la ieşirea din Castelu cu vreo 260 km/h şi ne-am aplecat atât de mult, încât mai erau câţiva centimetri între noi şi asfalt. Motorul îţi impune să fii acolo. Când ai spaţiu, dai viteză. Motorul te face să fii prezent şi fizic şi psihic. Te faci una cu el. Practic eşti acelaşi organism. Senzaţia pe motor o ai numai dacă te faci una cu el. Te obligă să fii acolo. Acolo te deconectezi total – pe motor. Nu mai există probleme la muncă, acasă, nu îţi mai permiţi să te gândeşti la viaţa personală.

Nu ştiu cum arăta faţa lui atunci când aproape a atins asfaltul, mirosind grundul de pietriş topit. Nu ştiu când psihicul său a trecut de limita curajului şi a capacităţii de asimilare a vitezei. Sau de fusese numai un chin, un spasm de care a tras forţat până la destinaţie. Cert e că la Constanţa s-a dat jos înţepenit, luând câte un pas în zig zag, iar după ce şi-a scos casca, m-a privit cam năuc.

*— E ultima dată când merg cu motorul! Aşa ceva nu mai*
  *fac! Mă întorc la Bucureşti cu tata!*

Şi dus a fost. Până a doua zi, cel puţin, când, pregătindu-mă de plecare, l-am sunat totuşi.

*— Vezi că eu plec acum spre Bucureşti! Până la urmă, tu*
  *ce faci? Mergi cu mine sau te întorci cu tatăl tău?* îl
  întreb mai mult din politeţe.
*— Ah, păi, nu, că vin cu tine!* mi-a răspuns el hotărât.
*— Cu mine, cu motorul? Eşti sigur?*
*— Da, vin cu tine!*
*— Mă, eşti sigur, sigur?*
*— Da, nu-ţi spun?! Cu tine vin!*

În trei luni, când am mai vorbit cu el, îşi cumpărase motor şi deja avea carnetul luat. Intrase în rândul alor noştri.

Vara aceea, după cum puteam percepe acum, fusese plină de realizări şi peripeţii. Veneam de la Giurgiu înspre Bucureşti. Plouase. Eu în spate, Răducu în faţă. VFR-ul lui Răducu ia avânt la un moment dat, făcându-mi semn că se grăbeşte. Îl pierd din vizor. Trec de Adunaţii Copăceni, mergeam în ritmul meu calm, lejer, să am totul sub control, căci mie nu prea îmi plăcea să merg pe ploaie, îmi dădea o senzaţie de nesiguranţă dacă prindeam viteze mai mari. Mi-am reglat Şoimul la putrea cea mai mică, nu avea nici un rost să risc. Până aproape de capitală, cred că au trecut pe lângă mine vreo 20 de TIR-uri, ceea ce mă bruia. Partea mai rea - nu doar pentru mine, e valabil pentru toţi conducătorii de moto - a fost că între Giurgiu şi Bucureşti există o vale în care circulă curenţi transversali de forfecare. Când am ajuns în vale curentul m-a luat prin surprindere şi mi-a dat un tremur în ghidon şi m-a zdruncinat destul de puternic. Singurul meu noroc a fost că nu am intrat cu viteză, iar greutatea mea compensată de greutatea Şoimului a menţinut echilibrul şi am putut rezista amândoi. Mi-am felicitat mândru Şoimul şi m-am bucurat iar la gândul că ne completăm. La intrarea în Bucureşti, recunosc, costumul negru al lui Răducu. Chiar Răducu era, împietrit parcă, pe marginea drumului. Opresc.

— *Ce-ai păţit?* îl întreb.
— *Sunt speriat mort! Lasă-mă să-mi revin.*

Îl las câteva minute, apoi îl întreb din nou.

— *Mi-a tăiat unul calea, exact aici. Eu am pus frână să nu*
   *îl iau din plin, dar am intrat instant în acvaplanare.*

*Pluteam pur şi simplu, nu mai puteam să fac vreo manevră. În faţă am intrat între maşini, a reuşit ăla să întoarcă, l-am depăşit la muchie!* îmi înşiră el, tras la faţă şi tremurând, toată treaba.

— *Hai, linişteşte-te! Hai să fumăm o ţigară!* încercam eu să îl scot din starea de tremurat.

— *Ce tâmpenie am putut face! Puteam să mor!*

— *Nu s-a întâmplat nimic! Eşti bine!*

— *Da! Dar, sincer, n-aş vrea să se termine aşa! Niciodată!*

După ce s-a mai calmat, am pornit amândoi spre casă.

Serile îmbietoare ale verii mă chemau să fiu alături de cei apropiați, chiar dacă nu era vorba neapărat de un traseu. Astfel, după o zi ploioasă, paremi-se era tocmai de Sf. Ilie, la Biker's ne-am scuturat gecile pe care se prelingea un rând de picuri de pe crengile lucioase. I-am răspuns la salut papagalului colorat ce se foia zburdalnic pe bara de lemn și am urcat la etaj, de unde puteai observa, printre spițele roților ce formau un mic candelabru, motorul ce trona pe un postament special creat. Găsești ceva atât de familiar în acest loc, încât ai impresia că ești în propria locuința de vacanță. O amică lăuda un anumit model de motocicletă.

— *Ți-ai luat moto și nu mi-ai spus!?* o întrebă G.
— *Eu? Never! Voi rămâne pasager toată viață mea!* îi răspunse fata.
— *Știi, atunci când stai în față... simți altceva, decât atunci când stai în spate.*

Apoi începe discuția aprinsă despre faptul că L. ceruse la bar, personalului ce se ocupa de playlist, o melodie în vogă la vremea aceea, considerată un produs de duzină de către ascultătorii de muzică bună.

— *Nu înțeleg de ce îți plac mizeriile astea!* o dezaprobă S.

Fata, vizibil dezamăgită, îl privea cu reproș.

— *Nu, ideea nu e să ne placă gunoaiele, ci, cred eu, să găsim frumosul și în lucruri simple!* mi-a venit să răspund instinctiv.

Fata a fost de acord cu mine după modul în care a dat aprobator din cap.

— *Mai ţineţi minte filosofia aceea încurcată pe care i-a spus-o Moş Anghel lui Răducu, când am fost ultima dată pe Cheia?* ne întrebă G., cuprins dintr-o dată de febra cuvintelor înţelepte.

— *Unii nu! Spune!* au vrut să ştie curioşi, ceilalţi.

— I-a zis aşa:

*„Suntem centraţi pe noi înşine şi de aici vine povestea: Acum ceva timp, un suflet a coborât în josul abruptului şi a stat la coadă, până ce i-a venit rândul la spovedanie. Căpăţâna mare, pocită cu urme de lacrimi atât de uscate, încât păreau rifturi, s-a aplecat fumegând peste biata conştiinţă, tăindu-i respiraţia.*

- *Ia spune-mi, fiule, mult ai mai mers?*

- *Păi, cum aşa, doar o secundă! răspunse crucit.*

- *Şi mă cunoşti, nu e aşa?*

- *...hmmm... nu, nu te-am mai întâlnit niciodată!*

- *Hai, hai, ce se ascunde dincolo de mine?*

- *Buimacit, sărmanul încercă să privească prin împrejur.*

- *Şi dacă ţi-aş spune că te arunc în flăcari şi că o să simţi că arzi în fiecare zi?*

- *Îngrozit, ăsta micu´ se uita frenetic, căutând un răspuns pe la ceilalţi.*

- *Ţi-e frică să vorbeşti? Îţi provoc teamă, durere?*

- *Niciun cuvânt, doar un clănţănit uşor, ca de balama ruginită.*

- *Monstrul, deja plictisit începea să îşi piardă din răbdare. O oarecare milă mijea când îl fixa cu privirea.*

- *Duceţi-l în camera goală! se hotărî într-un final.*

- *Un plâns zbuciumat se auzi de pe coridor.*

- *Următorul!!! ţipă fiara.*

- *Ăsta părea cel puțin mai așezat.*
- *Cum a fost călătoria?*
- *Oarecum fulgerătoare!*
- *Ce cauți, tu, aici? Hai, confesează-te!*
- *Din moment ce stăm de vorbă e clar ce caut!*
- *Nu rânji la mine!!! Tu știi cine sunt eu?!? răcni nemilosul.*
- *Eu! răspunse calm celălalt.*
- *Pufăind enervat, monstruozitatea sa făcu semn unui supus cenușiu să-l ia pe inculpat.*
- *Ceilalți rămân înmărmuriți.*
- *Pauză de ceai! Și să nu îmi mai aduceți din ăstia la mine care nu au ce căuta aici!"* B. puse paharul din care sorbise o gură de Jack Daniels.
- *Și ce vrei să spui cu asta? râseră ceilalți.*
- *Când îți vezi propriii demoni și accepți ceea ce ești cu adevărat, atunci poți merge mai departe, devii liber cu tine însuți! îi răspunse calm S.*
- *A înțeles cineva ceva din toată treaba asta? am întrebat eu.*

Ceilalți au clătinat din cap în semn că nu și își văzură în continuare de cafele.

- *Radu, ce ți-a șoptit Moș Anghel la ureche după ce a terminat de povestit? îl întrebai eu mai încet, trăgându-mă lângă el.*
- *Ceva ce nu prea am înțeles sincer! Mi-a zis doar „Ai înțeles ce era de înțeles. Acum poți merge!" Cred că se referea la fabula lui alambicată! râse Răducu senin.*

Încet, încet sezonul se ducea, ploile și frigul deveneau tot mai dese, știam cu toții că în curând trebuie să ne adăpostim motoarele în bârlogul lor, de unde aşteptau să fie trezite sezonul următor. La ultimele întâlniri de motoare Răducu ne spuse că ne-a trimis tuturor un mic îndreptar cu strategii de conducere a unui motor, foarte util, în special celor începători.

— *Aveți lectură până vine căldură şi recomand tuturor să intre în noul sezon cu temele făcute! Dacă printre voi sunt oameni ce nu stăpânesc bine mersul, să-mi spună să le trimit, la cerere, câteva manuale.*

B., unul din *motanii* cunoscători, ridică două degete rânjind.

— *Cerere!* glumi acesta.
— *Întâi te-ascult din ce ți-am trimis!* râse voios Răducu.

Altul din grup, probabil mai leneş, ţinu şi el să precizeze:

— *Poate ne trimiți un filmuleț, că e prea mult de citit!*

Unul din începători îl întrebă cum e cu frânarea.

— *Treaba cu frânarea cred că diferă în funcție de tipul de motocicletă. Eu procedez asemănător cu ce e scris; şi asta nu pentru că am citit, ci pentru că aşa mi-a picat mai bine. Să nu citeşti, totuşi, printre rânduri. Nu cred că vrea manualul să-ți spună să frânezi energic cu fața, decât atunci când ai aderență - adică nu pe pietriş.*
— *Piticot, dar pentru trike-uri n-ai?* îl întrebă senin T.
— *Ba da, e simplu. La frânarea de urgență, la viteze foarte mari, ai grijă să nu calci piticul!*

Am râs cu toții. Avea băiatul ăsta un dar, numai al lui, să ne binedispună în orice situație!

Iarna ce a urmat purta cu ea o urmă de blândeţe. Zăpezile nu au mai acoperit întreg oraşul, poate numai câteva zile. Beculeţele în formă de brazi şi steluţe ofereau un farmec aparte bulevardelor pe timp de noapte. Centrul vechi, rămas cel mai populat, adăpostea persoanele dornice de o băutură caldă şi de o muzică ascultată în forfota din localuri. Printre aceştia mă numărăm şi eu în unele dăţi. Nu prea am avut cine ştie ce activitate, în afară de înfruntarea mocirlei, rămasă în urma topirii fulgilor îngheţaţi, cu roţile maşinii. Îmi mai vizitam în garaj Şoimul, din când în când, să mă asigur că trece iarna cu bine. Deoarece, cum a încolţit prima rază îmbietoare de căldură, l-am şi scos să respire aerul proaspăt. Eram pregătit de un nou şir de aventuri. Toţi eram înfometaţi de condus şi cum am prins puţin mai mult de 10 grade afară, ne-am urcat pe motor şi dă-i goană până la Giurgiu. Asta se întâmpla exact de 1 Martie. Undeva, în drum spre Giurgiu, se lăsă, la un moment dat, o ceaţă deasă. *„Ah, asta ne trebuia!"*, mi-am zis în gând, dar nu am făcut niciun gest să mă opresc. E foarte periculos să conduci un motor pe vreme de ceaţă şi, sincer, nici măcar să nu încercaţi vreodată. Pe vizieră ni se pusese o pojghiţa de pâclă fumurie şi nu era chip să mai vedem ceva. Ne-am ridicat vizierele, iar când am ajuns la Giurgiu primul lucru pe care mi l-a spus L. a fost:

— *Dar ce ochi ai, Tano!* râse ea.

— *Dar ce ochi aveţi cu toţii!* i-am răspuns după ce i-am cercetat rapid pe ceilalţi.

— *Timpul pare că se îndreaptă! Stăm aici, mâncăm ceva, apoi nu vreţi să dăm o fugă până la Ruse?* întrebă S.

Răducu se apropie de L. şi o ia mai de-o parte.

— *Băiatul cu Kawasaki ZX10 ţi-e prieten?* o întrebă el.

— *Da!*

— *Atenţionează-l, te rog, să fie mai atent în curbe, că era
  să o ia pe arătură! Să nu păţească, Doamne-fereşte!,
  ceva.*

L. îl aprobă, ştiind că totuşi prietenul acesta al ei era
începător. Până la Ruse, drum lin, curat, neaglomerat. Pe
la Ruse mai fusesem eu de câteva ori. Fantastic cât de
repede poţi ajunge! Din start plictiseala drumurilor lungi
dispare şi rămâne numai o stare perpetuă de adrenalină.
Culmea, podul ce leagă Giurgiu de Ruse nu era aşa
aglomerat în acea zi, în care nici Dunărea nu mai părea
atât de grăbită. Golurile dintre barele imense de oţel lăsau
umbrele să facă rotocoale pe pupilele protejate de casca
neagră, cât ţineau cei 2,5 km de drum până ajungeai pe
pământul bulgăresc. „*Podul prieteniei*", aşa îl numiseră mai
demult, pentru a şterge acele câteva evenimente cenuşii
dintre România şi Bulgaria. Acum i se spune simplu, „*Podul
Dunării*". Într-un mod firesc, tot ce cuprinde partea sudică
şi sud-estică la noi, aparţine Dunării, restul aparţine
munţilor.

La Ruse, sărbătoare. Peste tot era plin de flori. Ne-am
plimbat, am mai băut un suc, am râs, ne-am veselit. Unde-i
sărbătoare, noi sărbătorim. Din loc în loc, ne oprea câte o
fată - promoteriţă - şi agăţa în piept băieţilor câte un
mărţişor. La început am râs, crezând că e o glumă, însă
repede am constatat că tradiţia în Bulgaria era diferită. Nu
fetele, ci băieţii primeau mărţişoare cu ocazia începutului
de primăvară.

— *Asta e total greşit!* riposta din când în când L., dorindu-
  şi şi ea un mărţişor.

La sfârşitul acelei zile am încălecat pe motoare şi am pornit
spre casă cu zâmbetul pe buze. Oameni frumoşi ieşeau din

Ruse, traversând podul Prieteniei, cu pieptul plin de mărţişoare şi buchetele de flori ce fluturau în bătaia vântului şi fuga roţilor.

M-am reîntors în Bulgaria în aceeaşi săptămână, împreună cu V.R., pe care l-am sunat şi i-am propus să mergem până la Veliko Târnovo, pe care doream neapărat să-l vizitez. Eu cu Şoimul, el cu FireBlade-ul. Veliko Târnovo, ce dăinuie de şapte milenii, se află la aproape 10 kilometri distanţă de Ruse şi se aseamănă izbitor cu Sighişoara noastră. Poate şi din acest motiv mi-a plăcut mult. Străzile înguste şi întortocheate, neschimbate de secole, cafenelele cu specific bulgăresc, macedonean, grecesc sau albanez, casele părăsite ori suspendate parcă de pereţii canionului sau meşteşugarii lutieri, cofetari, brutari, anticari, ce muncesc în case cu ferestrele larg deschise, astfel încât să poţi vedea întreaga lor activitate, toate amintesc mai degrabă de un trecut despre care nu credeai că este posibil să îl poţi retrăi în plin secol XXI. Ceea ce m-a încântat pe mine cu desăvârşire a fost Cetatea Tarevet, ale cărei ziduri de apărare cu creneluri înconjoară dealul pe care stă neclintită patriarhia, astăzi renovată. După ce am făcut ruta turistică şi la complexele muzeale din jur, am intrat într-un magazin cu hăinuţe pentru copii şi am cumpărat cadouri pentru cei de acasă.

A urmat alt weekend, din cele multe care au fost, şi am stabilit cu S., să mergem până la Sighişoara, să facem o mică plimbare. De fapt, noi voiam să mergem să ne dăm pe curbe în Pădurea Bogăţii, una din cele mai importante păduri de foioase din România. Comuna Bogaţi are o existenţă milenară. Localitatea Bogaţi, de unde şi-a luat numele şi pădurea, apare sub denumirea de *„Bogat"*, pe harta Ţării Româneşti, întocmită de stolnicul Constantin Cantacuzino şi tipărită la Veneţia în anul 1700. Pe atunci se foloseau hărţile tipărite în străinătate, deoarece tehnicile româneşti erau încă destul de primitive. Legat de numele „Bogaţi" al comunei, o legendă atestă că localitatea primeşte numele de la un trimis domnesc al lui Radu cel Mare, în anul 1503. El a fost însărcinat să strângă dajdia dintr-un sat pe al cărui teritoriu a fost găsit cadavrul călugărului Petrea. Sătenii s-au împrumutat la vecinii din satul de peste deal, sat care apare în documentele de atunci sub denumirea de *Bogaţi*.

La Ploieşti ne-am împărţit în două. S. cu A. aveau chef de Cheia şi au urmat drumul, iar eu cu B. am continuat direct spre Braşov. Urma să ne întâlnim la benzinăria de la ieşirea din Braşov înspre Sighişoara. Până la Sinaia a fost OK, dar de la Sinaia spre Braşov, pe DN1, ne-a prins o ploaie năprasnică. Găleţi de apă curgeau de sus, nu alta. Şi eu şi B. mergeam cu viziera ridicată. Erau porţiuni unde apa ne trecea mai sus de gleznă; parcă eram vaporaşe, aşa tăiau roţile noastre apa. La un moment dat, în faţa noastră apăru o Dacie, ce ne-a făcut loc, în cele din urmă, să trecem – căci altfel puteam aştepta mult şi bine. Aveam să aflu mai târziu, că în acea maşină, se aflau, de fapt, prieteni de-ai noştri, motociclişti, ce ne-au recunoscut şi au început să ne facă distraţi poze. Intrăm în Braşov, traversăm oraşul, iar când ajungem la benzinărie ne năpădeşte un soare miraculous. S. şi A. încă nu sosiseră. Ne-am dezbrăcat de echipament şi ne-am întins în tricou la soare, de parcă eram nişte şopârle. Între timp au ajuns şi ceilalţi doi şi, uscaţi ca şi cum nu ne-ar fi atins niciun strop, pregătiţi, am pornit-o iarăşi la drum. Soare din belşug, frumos până la Rupea. De la Rupea, însă, altă furtună. Mai groaznică, cu vijelie şi grindină. În cinci minute eram la fel cum ieşisem din prima răpăială. În casca mea auzeam numai pocnituri, de parcă se trăgea. Mă rugam numai să nu-mi zgârie Şoimul. De oprit undeva nu era chip, deoarece în partea stânga aveam un lan de hamei iar în dreapta câmp deschis. Văd în față că B. ridică mâna la nivelul corpului şi ne face semn să ne oprim. Nu era bine deloc.

– *Ce-i mă? De ce am oprit?* se răsti S. pentru a se face auzit prin zgomotul vântului şi al stropilor de ploaie.
– *Am nevoie de... un tufiş!* îi explică B. ţipând la rândul lui.
– *Şi ce aştepţi?* îl întrebă S. văzând că nu se urneşte din loc.
– *Trebuie să mă ajutaţi cu asta!* zise B. arătând fermoarul echipamentului.

De abia atunci bagă de seama S., că B. avea echipament dintr-o bucată. Ne puserăm cu toţii mâinile în cap.

– *Exact asta ne trebuia acum! În rest suntem veseli!* bombănea A.

Am început să tragem de B. în toate părţile, să-l ajutăm să-şi scoată echipamentul greoi. Între timp s-a mai rărit şi ploaia.

– *Mai mergem în pădure?* mă întrebă S.
– *Nu cred că e bine să riscăm după ploaia asta!* i-am răspuns, imaginându-mi Şoimul patinând prin băltoace şi noroi.

Am ţinut drumul direct spre Sighişoara şi nu ne-am mai oprit decât la Hanul Danes, unde ne-am delectat, la soarele ce ieşise victorios, cu o porţie de mâncare tipic săsească.

Se întâmpla uneori, în special când eram mai mulți, să nu ne potrivim chiar toți în mers. Atunci opream şi în şirul lung de motoare ne răcoream dintr-o sticlă cu apă, ne mai ştergeam picurii de sudoare adunați pe frunte de la soarele dogoritor şi aşteptăm să ne urnim iarăşi din loc. În fundal, undeva la câteva motoare distanță, auzeam vag cicăleala dintre doi prieteni, ce bâzâia asupra mea precum căldura insuportabilă.

— *Normal, fiecare îşi doreşte ce nu poți tu să faci!*
— *Vezi că mă iau de ce te doare mai tare!* se referea N. la motor.
— *Eu zic să încheiem discuția aici! Faptul e consumat!* preferă G. sa încheie subiectul.
— *Nu înțelegi că nu am făcut-o cu rea intenție? Pur şi simplu nu am realizat.*
— *Tocmai, asta e problema! Nu ai realizat că puteai s-o sfârşeşti prost! Şi alții pe lângă ține! Puteai măcar să-mi faci un semn că vrei să mă depăşeşti! Nu să mă trezesc cu tine în stânga dintr-o dată! Nu aşa se face!* îl certa G.
— *Îmi pare rău, nu mi-am dat seama! O să am grijă!* îşi ceru N. scuze.

G. scoase un sunet de neîncredere. Toată această discuție îmi aminti de o situație oarecum asemănătoare, când veneam odată în grup de la Ruse, iar în fața mea era un ins cu un chopper. Am intrat în depăşire, m-am dus şi trebuia să-mi reiau locul înapoi lângă axul drumului, însă când am vrut să fac asta, m-am trezit cu individul pe locul meu. El trebuia să stea în dreapta mea, în spate, dar crezând că e şmecher, a schimbat locul cu mine fără a respectă regulile de rigoare. Nu mi-a făcut semn, nu avea experiență probabil, ori avea un stil numai al lui de mers, ceea ce într-un grup nu e favorabil. Grupul trebuie să fie pe aceeaşi lungime de undă, cei din grup trebuie să comunice unii cu ceilalţi, să se plieze unii pe alţii, pentru ca mersul să fie uniform. Altfel riscul de a face accident e mare. Sunt mulţi care nu respectă distanța minimă de 30 m dintre motoare şi atunci, dacă cel din faţă a prins o coajă de banană cumva şi îi fuge roata, cel din spate nu mai are timp să facă vreo manevră de siguranţă şi intră în el. Distanța optima este cel mai bine să fie de 30 - 50 m la o viteză de 100 - 150 km/h; pentru vitezele de 300 km/h, distanța trebuie să fie 150 - 200 m.

Două săptămâni de plimbări uşoare. Cum ne era felul, la Biker's într-o dimineaţă, adunaţi sub umbreluţă, sporovăiam de zor, lăudându-ne cu ultimele peripeţii cu motoarele. Văd că îmi apare pe ecranul telefonului afişat un număr străin care mă apela. Răspund cu o voce serioasă.

— *Tano, sunt eu, Radu!*
— *A, Răducu, cum e prin Europa?* schimb eu glasul, descifrând misterul numărului străin.
— *A fost extraordinar! Până acum! Am păţit un pocinog!*
— *Ce s-a întâmplat?* glasul meu se transformă într-unul îngrijorat.

Ceilalţi deveniseră atenţi dintr-o dată, ciulind urechile când au auzit numele lui Răducu şi ultima mea întrebare.

— *Spune-ne şi nouă! Dă pe speaker!* mă înghionteau toţi.

Le-am făcut semn să tacă, deoarece era important.

— *A ieşit nu ştiu ce râu, de pe-aici, din albie. A inundat tot. Tot, inclusiv VFR-ul meu. Nu ştiu măcar unde e, e undeva sub ape!* îmi spunea Răducu cu glasul tremurat.
— *Unde eşti?*
— *În Franţa.*
— *Ai nevoie de ajutor?* l-am întrebat, înţelegând panica lui foarte bine.
— *Nu, momentan nu ştiu nici eu în ce stare o să mi-l scoată de acolo! Voiam să ştiu dacă, în caz de nevoie, pot apela la tine!*

— *Oricând! La orice oră ai nevoie, mă suni! Curaj, o să fie bine!*

Am închis telefonul şi le-am povestit celor de la masă păţania lui Răducu.

— *Mergem în Franţa să-l luăm!*
— *Cu motoarele noastre, nu ne ia mult să ajungem acolo! Maximum două zile.*
— *Tragem tare pe drum şi ajungem numaidecât!*

Lumea începuse deja să facă planul de salvare în spiritul de prietenie ce îl simţeau cu toţii pentru Răducu.

— *Calmaţi-vă!* am încercat să îi potolesc. *Chiar dacă mergem noi acolo, tot nu-i putem repara motorul, în caz că a păţit ceva. Să mai aşteptăm, să vedem ce spune!*

S-au liniştit într-un final. VFR-ul vişiniu al lui Răducu, într-adevăr, nu mai voia să pornească, după cum mi-a explicat în ziua următoare. Dar, din fericire, a găsit un meşter priceput la un service din localitatea respectivă ce i l-a reparat în câteva zile.

În timp ce Răducu îşi făcea de cap peste graniţe, noi ne-am gândit că e nemaipomenit de binevenit peştele din Deltă. Preparat delicios, fript pe grătar sau gătit în saramură. Te duce cu gândul la pescarii de la capătul lumii, pe o insulă pustie din Delta Dunării, aşa cum mi se impregnase mie în minte imaginea din povestirile lui Vasile Voiculescu. În ideea asta ne hotărâm noi să mergem în *Tărâmul Neexplorat*, cum ni se părea că ar trebui să se numească pământul închis de braţele Dunării. Ne-am strâns vreo 40 de motociclete şi am plecat în coloană.

Peştele din Deltă, într-adevăr, are un gust unic – fript simplu, în mijlocul naturii sălbatice dunărene. Ne-am delectat, ne-am odihnit, deci am mai găsit resurse de energie suficiente să mai facem o plimbare. Astfel, ne hotărâm să nu o mai luăm pe la Brăila, ci să coborâm spre Hârşova. Cum eram în fruntea coloanei, am luat fără să îmi dau seama o distanţă mai mare faţă de restul grupului, o distanţă de vreo 10 minute. I-am transmis prin microfonul din cască lui S. că ne vedem la benzinăria de la ieşire din Hârşova, căci voiam să şi alimentez. Drumul de la Tulcea la Hârşova era proaspăt asfaltat, liber, şi era o plăcere să îţi iei avans. Ajung la benzinărie, fac plinul, dau să ies din benzinărie strigând la prietena ce era cu mine.

— *Plecăm! Hai să mer…!*

Nu am apucat să termin propoziţia. În clipita imediat următoare mă văd zburând undeva prin aer, aud în depărtare sunetul Şoimului meu la impactul cu asfaltul şi mă rostogolesc aproape de bordură. Motocicleta căzută, eu pe jos. Mă uit în jur nedumerit, nu înţelegeam ce se petrecuse. Un şofer, într-un Opel negru, ce se oprise în spatele Şoimului meu, se uită cu ochi miraţi către mine.

— *Scuze, căutam nişte CD-uri şi nu te-am văzut…!* îmi zice şoferul mai mult amuzat.

Am trecut pe lângă el fără a-i răspunde, m-am îndreptat glonţ către motorul meu şi am încercat să îl ridic. Inutil. Motorul meu asculta de greutate şi nu de mâinile mele ce trăgeau neputincioase. M-am înroşit tot de nervi, numai la gândul că relaţia mea cu Şoimul se găsea într-un nou impas. Nu avea decât o mică zgârietură, crushpad-urile atenuaseră bine căderea, dar faptul că nu-l puteam clinti era ucigător. *„Îl omor!"*, mi-am zis şi ajungând în dreptul individului de la volan, l-am apucat de gulerul cămăşii.

— *De ce nu eşti, mă, atent? Dacă picam cu capul de bordură? Puteai să mă omori! Tu, înţelegi?* îmi vărsam eu oful, ţinându-l strâns.

— *Ia mâna de pe mine, ţi-o spun frumos, că altfel s-ar putea să o păţeşti!* mă ameninţă tipul.

— *Tu nu conştientizezi chiar deloc ce era să faci?* insistam eu fără a-l elibera.

— *Vrei să o dăm parte în parte, ai? Bine, stai că vezi tu!* şi smucindu-se îşi apucă telefonul şi făcu câţiva paşi distanţă.

— *Eşti nebun! N-ai înţeles nimic.*

Mă întorc către prietena mea, ce rămăsese în picioare lângă Busa trântită. După nici două minute în benzinărie intrară două WV, model mai vechi, şi din ele ies vreo cinci băieţi încruntaţi cu aspectul unor şmecheraşi de cartier.

— *Mda!* îmi zic eu, întorcându-mă către ei.

Încruntaţii se îndreptau spre mine, iar eu îi aşteptăm pregătit să le fac faţă. Cum? Nu aveam nici o idee, mai ales că simţeam o durere la nivelul coastelor de la căzătură. În secunda aceea, văd în spate venind, unul câte unul, băieţii din grupul meu şi, realizând probabil despre ce era vorba, au blocat pe rând cele două intrări în benzinărie. Încruntaţii au dat un pas înapoi, luaţi prin surprindere.

— *Ce problemă anume aveţi voi aici?* întrebă S. pe unul dintre ei.

— *Nimic, frate, ce problemă să avem? Noi tocmai plecam!* răspunde unul din Încruntaţi.

— *Nu. Nu prea cred! B., sună la poliție!* îi strigă S. prietenului nostru.

Oamenii legii s-au prezentat la datorie şi i-am lăsat pe ei să dea verdictul asupra celor întâmplate, căci noi nu găseam nici cea mai mică plăcere în rezolvarea conflictului prin violenţă fizică.

Prietena mea a pătimit multe mergând împreună cu mine şi Şoimul. Ştiu sigur că, ulterior, după păţania cu Încruntaţii, noi doi pe Şoim, R. cu Hayabusa lui, P. şi C., am plecat pe lângă Schumen. Am mers la un restaurant şi fiecare şi-a comandat lejer, câte o salată, un piure cu pulpă de pui, paste, câte o porţie. Vine rândul lui R. să comande şi cere la primul fel patru ciorbe de văcuţă. Noi, ne-am uitat cam ciudat, dar nu am avut nimic de comentat. După ce a terminat ciorbele a răsuflat uşurat *„Gata. Acum mă pun şi eu să mănânc.“* Şi mai comandă un ciolan de porc. La desert ne-au adus nişte prăjituri cu frişcă, specialitatea casei. A luat R. una, a luat două, apoi s-a lăsat păgubaş şi strigă la ospătar *„Aduceţi-mi toată tava“* Şi nu s-a lăsat până nu a terminat tot. La sfârşit, am izbucnit toţi în râs, uimiţi peste măsură, de cât poate un om aşa slăbuţ, cum era el, să mănânce.

Pe drumul de întoarcere, la un moment dat, simt că prietena mea se lasă aşa moale pe mine. *„Vai, să vezi că a adormit.“*, mi-am zis neştiind ce să fac. Aştept, văd că începe să se mişte. E bine. După câteva minute, iar se lasă pe mine. *„E obosită, tot drumul o să fie aşa, chiar dacă opresc acum.“* Am prins-o puternic de braţe cu braţele mele şi am continuat drumul. Am ajuns primul la Ruse. După 5 minute au apărut şi P. cu R. Mai aşteptăm 10 minute, C. nu apărea.

— *Să nu mai mergi niciodată aşa!* îi spune la un moment
dat R. prietenei mele.
— *Adică?*
— *Adică, dacă eşti obosită, nu te sui! E foarte periculos să
adormi, chiar pasager fiind.*

Mie îmi venea să râd într-o oarecare măsură.

— *Tu de ce n-ai oprit? Eşti nebun? Trebuia să opreşti!* m-a
luat şi pe mine R. la zor.

Trec 20 minute, clar, ceva s-a întâmplat. P. şi R. s-au întors
să vadă care era treaba. După alte 15 - 20 minute apar toţi.

— *Ce ai păţit?* îl întreb eu pe C.
— *Mi s-a rupt scăriţă!* îmi răspunse.

Am legat-o cum ne-am priceput, cu sârmă, şi am luat-o
înspre casă.

Tot în vara aceea plănuisem de ceva zile să ne
strângem în curtea spaţioasă a casei mele şi să dăm o
petrecere. Urmau să fie mici gustări, băutură după placul
fiecăruia, muzică numai pentru noi şi urmam să fim noi
înşine, ceea ce era mai mult decât perfect. Instalasem sub
umbrar măsuţe din răchită vopsite în alb, câţiva metri,
lateral, am mai aşezat câteva umbrele şi scaune, am pus
berea, vinul şi sucurile la rece, am instalat PC-ul cu boxele
mari, negre, sub un acoperământ improvizat şi aşteptam
că invitaţii să îşi facă apariţia în orice moment. Soneria de
la poartă mare ţârai prelung. Am apăsat butonul
telecomezii, iar poarta se dădu încet la o parte, făcând loc
unei camionete. Coborând, G. dă prelata agăţată în spate
şi îmi arată mândru.

*— Ce e cu asta?* întreb eu, dezorientat, văzând o ditamai camioneta plină de lemne.

*— Păi, pentru foc!*

*— Bine, foc, foc, dar ardem toată pădurea?*

Pe de altă parte ştiam pentru cine sunt, de fapt, lemnele şi cât de drag îi era să facă focul. Aşa că nu am protestat prea mult. Îmi era şi mie drag să îi fac pe plac. Avea să ne spună întâmplări din Europa, de unde se întorsese de curând. Rând pe rând, oamenii începeau să îşi facă apariţia. B. veni cu o idee incitantă, pe care am aprobat-o toţi. Cum pusesem pe masă câteva sticle cu palincă, adusă direct de la sursă, din livezile îmbelşugate ale dealurilor, B. mă întreabă dacă mai am resurse asemănătoare. Aveam, eram pregătit. Atunci, de comun acord, am decis că în seara aceasta a noastră să consumăm numai palincă. Am pornit uşor cu alune prăjite, tortilla, biscuiţi de casă, ce mergeau perfect, ca mai apoi, după ce soarele coborâse în cealaltă emisferă, să încingem atmosfera cu un grătar pe care am rumenit bine mici, costiţe şi frigărui stinse cu palincă. Răducu se pregătea nerăbdător să sorteze lemnele şi să le aşeze pe grilajul de fier. Le-a aşezat în pătrăţele, aşa cum o făcuse acum doi ani în munţi. Apoi a turnat puţină benzină peste lemne, a scăpărat chibritul şi le-a pornit vâlvătaia. Restul, ne-am strâns să-i privim flăcările ce se înălţau din ce în ce mai sus. Fiecare, entuziasmaţi, mai aruncam câte un lemnişor, mai aţâţăm puţin, pentru a simţi dogoreala şi pentru a goni ţânţarii. Astfel că focul lui Răducu s-a ridicat spre stele înghiţind întunericul. La un moment dat, pe străduţa unde se află casa, se aud sirene, apoi vedem luminile galbene intermitente ce se opresc în faţa porţii. Toţi ne întrebăm ce se întâmplase. Mă duc să lămuresc situaţia.

— *Aici e numărul 53?* mă întrebă un individ ce purta uniformă roşie a pompierilor.

— *Da!* îi răspund cu glas piţigăiat, neştiind ce anume vor de la mine.

— *Va rugăm să ne permiteţi să trecem! Am fost înştiinţaţi că în incinta terenului dumneavoastră a luat ceva foc!* îmi explică ei pregătiţi să desfacă furtunul şi să elibereze apa.

— *Un moment, vă rog, nu a luat nimic foc. La propriu. Haideţi mai bine înăuntru să vedeţi.*

Le-am făcut loc să intre şi s-au cam panicat când au văzut monstruozitatea arzândă. Au avut un imbold să aducă totuşi echipamentul, însă i-am liniştit cu câteva păhărele de palincă. Am numit desăvârşita seară, *Festivalul palincii*, în cinstea prieteniei noastre, pentru ca ea să dăinuiască peste ani. A fost cel mai mare foc ce s-a văzut vreodată în cartier, în afară de o casă care a ars ulterior, la un an de la *Festivalul* nostru, prin zonă. Ultimul chef pe care aveam să îl petrecem cu toţii, împreună.

Lăsând la o parte sentimentele noastre, drumul spre Cheia e drumul preferat al vitezanelor. Şi pe el ne distrăm în cea mai mare parte şi de acolo avem cele mai inedite aventuri. Cum GSXR 750 a lui C. a ratat o curbă şi a ieşit în decor – diferenţa dintre şosea şi sol fiind foarte mare – el a planat, oprindu-se într-un copac, iar motocicleta s-a înfipt într-o şură. Am oprit instant şi rămăsesem cu gurile cascate, privind toată scena.

— *Eşti bine?*
— *N-am nimic. Doar că am rămas agăţat de creanga asta şi nu pot să mă desprind!*
— *Ai vrut să zbori şi nu ştiai cum?* îl întrebă S.
— *Ne-ai spus tu cândva că vrei să îţi iei brevetul de pilot, dar nu te credeam aşa hotărât!* zise G., contribuind la recuperarea lui C. din copac.
— *Tsucahara, hai să-ţi recuperăm motorul!* râse Răducu.

Motorul era bine, căpiţa de fân moale nici că putea fi poziţionată mai bine de atât. Amândoi au avut noroc.

— *Dumnezeu a fost cu tine! Puteai să o păţeşti zdravăn!* îi zise serios Răducu, după ce îi mobiliză motorul dintre paie.

Mai târziu, la Biker's, rediscutam accidentul lui C., mai făceam câte o glumă pe seama lui, mai povesteam una, alta.

— *Să vă istorisesc o fază!* încep eu. *L-am luat pe un amic de-al meu, M., într-o zi pe Cheia. Îmi spusese că el nu prea s-a dat pe zona asta şi mi-am zis să-i fac un bine şi să-i arăt despre ce este vorba. El avea un Ninja de 1000, frumos, după cum ştiţi. Eu, cu Şoimul. I-am spus dinainte să aibă grijă la curbe şi la drum, ştiind că pe Cheia îţi trebuie ceva experienţă să mergi. Şi ne duceam noi lejer, luăm curbele, eu în faţă, îl ţineam în vizor în oglindă. La un moment dat, nu l-am mai văzut. Unde o fi, unde o fi, nici urmă de el.*

Cei de la masă mă urmăreau curioşi.

— *Ce făcuse M. al meu?! A ieşit în decor, evident. Dar îşi iubea atât de mult motorul, încât nu i-a dat voie să cadă! Şi s-a dus cu ea pe câmp, cât era câmpul acela de mare, până s-a oprit motorul aproape singur!*

— *Cum de a reuşit să meargă atât fără să îi cadă?* întrebă L. în râsetele tuturor.

— *Era terenul neted! I-a permis! A avut şi noroc că nu îi venea nimic din faţă! Eu la asta sunt mai ghinionist! De exemplu, eu când merg pe Cheia şi iau curba la dreapta, fără vizibilitate, în 90% din cazuri m-am trezit cu un TIR sau microbuze venind din faţă. Acum ştiu, mă uit dinainte, şi n-o mai fac. Dar el a avut noroc.*

— *Va mai aduceţi aminte cum s-a lăsat J. de motociclism?* întreabă dintr-o dată G.

— *Da! Destul de trist! Pe de altă parte îl înţeleg!* zise Răducu.

— *Eu nu cred că ştiu! Povestiţi-mi!* spuse cineva mai nou la masă.

— *Era primăvară, plouase afară. J, s-a suit pe motor şi nu a dat importanţă umezelii de pe jos, a băgat mâna mai tare în gaz, „miarul" oricum e mai violent la capitolul acceleraţie, motorul i-a scăpat de sub control şi l-a aruncat. Căzătura a fost urâtă, a avut fractură de claviculă şi a stat ceva luni bune prin spital, cu gâtul imobilizat. Şi-a ratat tot sezonul din anul respectiv. În toamnă când şi-a revenit şi a urcat iarăşi pe motor nu a mai fost acelaşi!* îi expuse pe scurt G.

— *A mai fost o dată cu noi cu motoarele, dar numai în semn de despărţire. Prinsese o teamă faţă de Ninja lui, se forţa mai mult. Mai târziu ne-a explicat că nu era o teamă propriu-zisă faţă de motor, ci mai mult să nu fie nevoit să se găsească iar în situaţia în care să fie nepunticios, să fie la mâna nimănui. Să nu depindă de cineva!* completă şi A.

Un eveniment serios, ce putea avea urmări extrem de neplăcute, l-am auzit tot în acea seară, de la băieţi. Pe drumul de întoarcere de la Cheia, cu gaşca, mergeau frumos în formaţie, câte doi. Nimeni nu a anticipat, însă, că într-o curbă, la dreapta, şoferul ce se apropia din sens opus îşi căuta un obiect prin maşină şi nu mai avea nici o treabă cu ce se afla pe şosea. S-au trezit că maşina nu-şi mai respectă banda, depăşeşte linia de demarcaţie şi intră din plin în C. El împreună cu BMW-ul său au fost aruncaţi în aer, iar R., care se afla în spatele lui, a trecut pe sub ansamblul om - motor care care plonja pe deasupra, scăpând doar cu o spaima cumplită. Motorul lui C. a căzut undeva în spatele lui R., iar C. a căzut undeva în lateral stânga. Scena accidentului atunci când a ajuns poliţia: o maşină înfiptă într-un chioşc, un BMW 1200 R făcut praf în mijlocul şoselei, C. gemând cu o durere mare de mijloc căzut lat pe spate, iar R. stând năuc în mijlocul acestei scene, plin de uleiul din motorul ce s-a spart în aer şi a căzut pe el, răsuflând uşurat că a scăpat numai cu sperietura. Din toată păţania asta au ieşit cu toţii cu bine, nu au fost urmări grave.

Total familiarizat deja cu plaiurile bulgăreşti am mers cu S. şi câţiva amici. BMW-lui lui S. avea sistemul mai bun de frânare. La un moment dat, el a făcut schimb de motor cu un coleg de drum, îi dă BMW-ul şi ia un motor de un model mai vechi, nu atât de îmbunătăţit. S., la prima curbă la stânga, uitând că este pe un alt motor, a intrat cum era el obişnuit cu BMW-ul, frânele nu au ţinut şi a ieşit în decor. Pe partea dreapta era un gard de sârmă, S. a intrat prin gard, cu sârmă cu tot. Şi-a făcut praf echipamentul, însă el nu a păţit nimic. Motorul era avariat în proporţie de 20-30%. Am reparat gardul, am chemat un amic cu platformă, am suit moto pe platformă, n-am avut probleme la graniţă. S. a realizat atunci ce înseamnă să treci de la categoria aceea de BMW la o motocicletă normală.

Teribilismul doare. Şi aveam să aud asta în mai multe situaţii. Una dintre ele a fost în momentul în care am primit un telefon-fulger: „Vezi că S.T. a făcut un accident şi a murit" Rămăsesem perplex. A trebuit să dau repede câteva telefoane adiţionale că să aflu, de fapt, ce se întâmplase în realitate. Veneau dinspre Ploieşti şi erau pe DN1. La un moment dat, S.T. se ridică în picioare că să arate probabil cât de talentat şi superior este el. Era de aşteptat ce a urmat. Nu a putut stăpâni motorul cu picioarele, care a intrat în voblaj, iar el s-a speriat, sărind brusc pe ghidon să apese frâna. Totuşi, frâna, în situaţiile de acest gen nu se foloseşte, drept urmare S.T. s-a rostogolit pe şosea. A fost destul de urât, a avut multiple fracturi.

„Nu are puls?" am aflat că întrebase G., palpându-i vena.

În rândul celorlalţi, care au luat vorbele lui G. ca o afirmaţie, s-a iscat panică. „Nu are puls S.T.!" Au pus mâna pe telefoane, răspândind vestea, care încotro. Astfel, la mine a ajuns vestea direct că S.T a murit. Ulterior, ne-am informat mai mulţi care nu fuseserăm la locul faptei şi ni s-a spus că este la Spitalul Elias din Capitală, deci am mers la Elias. Cei de acolo ne-au trimis la Floreasca, unde, într-adevăr, l-am găsit bandajat din cap până în picioare, făcut mumie, ţintuit pe un pat de spital. Când ajunsesem noi, el avea deja câteva semnături şi inimioare pe ghips.

Într-o vineri dimineaţă V.R. îmi întoarce invitaţia să mergem să facem o plimbare. „Bine, ai răbdare să termin şi eu ce am de făcut prin oraş şi ne aşternem la drum", îi răspund eu. Prin oraş mergeam numai cu motoclicleta. Eram dependent, pentru mine maşina nu mai există. Eram prin Panduri, îmi rezolvam treburile din ziua respectivă, când primesc mesaj de la V. că el porneşte înainte spre Cheia. I-am zis că îl voi urma imediat ce pot. Nu trece mult şi iar îmi zbârnâie telefonul.

— *Vezi că am făcut un accident!* aud iarăşi glasul lui V.R.
— *Eşti bine? Ce ai păţit?*
— *Păi, uite, mergeam pe banda mea şi mi-a tăiat calea o Dacie papuc, am intrat în ea şi m-a zburat!*
— *Eşti bine?* am insistat eu.
— *Cred că am umărul rupt! E cam nasol. Cunoşti pe cineva cu platformă? Căci nu am cu ce să o deplasez de aici.*

— *Stai linişit, încerc să rezolv repede!* i-am închis, am abandonat ce mai aveam de făcut, am trimis o platformă către locul accidentului şi am pornit-o şi eu spre Văleni.

La intrarea în Văleni, am trecut pe lângă biserica de pe partea stângă a drumului, iar pe partea dreapta erau înşirate vreo cinci motoare, cu băieţii lângă ele. Îi salut şi merg mai departe. Trec prin pasaj şi, surpriză: coloană de maşini. Văd în faţă, pe stânga, o benzinărie şi îmi dau seama că acea coloană se formase din cauza unei maşini ce voia să intre în benzinărie. Cum trebuia să ajung la V. destul de rapid, mi-am făcut loc printre maşini, iar în dreptul benzinăriei şoferul maşinii îmi lăsă un spaţiu ce îmi permitea să trec. Accelerez să îmi reiau din viteză şi dau să îmi continui drumul. Numai că, în fracţiunea de secundă în care din încetinire apăsasem să-mi iau avânt, m-am trezit, aşa, zburând prin aer, peste ghidon; după aceea am căzut simţind o izbitură puternică în sold. Am fost conştient tot timpul, chiar şi când m-am oprit într-o bordură. M-am ridicat imediat, nedumerit peste măsură. Ce se putuse întâmpla astfel ca eu să fac asemenea dans pe sus? Motocicleta o văd într-un stâlp, văd dezastru pe şosea, mai văd o motocicletă Honda căzută făcută ţăndări şi mai văd Dacia 1300 ce-mi făcuse loc, fără portbagaj. Dezastruos, parcă era scena unei crime acolo. Undeva lângă această scenă observ un tânăr, un copil aproape, destul de activ şi efervescent. Şi pe loc am înţeles toată tărăşenia. CBR-ul lui mă lovise în cauciucul din spate, eu zburasem cu tot cu motor înspre stânga, iar el s-a oprit în porbagajul Daciei. Busa mea îmbrăţişase stâlpul.

— *Ce s-a întâmplat? Ce ai avut cu mine?* îl întreb în cele din urmă nervos.

Băiatul se uită la mine cu o privire ispăşită şi inocenta şi-mi spune vizibil ruşinat:

— *Am vrut doar să văd Legenda mai de-aproape! Am vrut să văd Hayabusa.*

Rămăsesem perplex. Mă uităm la el că la o statuie a cărei reprezentare nu o înţelegeam.

— *Dar, bine, băiete, nu puteai să iei o poză să te uiţi? Că e aceeaşi treabă!* îl apostrofez eu.
— *Nu e acelaşi lucru! Busa asta era înaintea ochilor mei, iar tu navigai aşa... precum un zeu!*

Mi-am pus mâinile în cap. Îmi venea mie să îi eu dau câţiva zei, dar mi-am păstrat cumpătul. Bijuteria mea de Şoim era vai mamă, zgâriat pe partea stângă, unde simţise impactul. Avea el crushpad-uri, dar se intersectase cu bordura şi a deraiat în stâlp. De funcţionat, bineînţeles că funcţiona bine. Între timp ajunse şi poliţia, dar eu nu aveam vreme de dat explicaţii.

— *Eu am treabă vreo 10 kilometri mai încolo! Nu am timp să zăbovesc aici! Vă reglaţi între voi!* le-am spus pe fugă poliţiştilor, arătându-l pe băiat.
— *Dar sunteţi bine? Nu doriţi să faceţi plângere sau aveţi vreo pretenţie de la inculpat?* mă întrebau ei.
— *Niciuna! Mă grăbesc! Am plecat! O zi bună!* şi plecat am fost. Treaba mea era în altă parte.

În drum spre V.R. degetele de la mâna în care căzusem începeau să amorţească şi să mă doară. Şoimul mă ducea, nu m-ar fi lăsat descurajat. Aşa că i-am încetinit viteza şi l-am lăsat să mă poarte cum ştia el. Când am ajuns la V., aspectul era mult mai tragic, iar degetele mele erau un nimic pe lângă ce păţise el. V.R. avea fractură la umărul drept, ruptură de claviculă, cel mai probabil, şi din câte mi-a povestit ulterior a avut un noroc chior. Aterizase pe iarbă lângă un şanţ de beton foarte adânc. Jumătate de metru dacă pica mai spre stânga, nu cred că mai putea fi salvat. Între timp, ajunsese şi amicul nostru cu platforma şi încă o maşină. Am urcat ambele motociclete pe platformă, iar noi ne-am aşezat abătuţi pe locurile din spate. Drumul până la Bucureşti parcă s-a desfăşurat în reluare. Cu acest accident V.R. şi-a încheiat socotelile cu motocicletele de viteză, şi-a vândut FireBlade-ul şi a cumpărat, când s-a înzdrăvenit complet, un Chopper.

Eu mi-am revenit repede. După ce mi-am ridicat Şoimul de la reparație, m-am dus să-l văd pe Răducu. Pe Răducu îl iubeam toți, fără să ştim de ce. Unii ştiau de ce. Îl priveam cu duioşie şi aveam față de el un sentiment de protecție, cu toate că nu avea nevoie. Foarte activ din punct de vedere profesional şi social, nu exista petrecere ori întâlnire în care el să nu fie în centrul atenției noastre, pe care el o returna înzecit la fiecare în parte. Avea o fire blândă, râdea mereu, era o plăcere nemaipomenită să împarți clipele cu el. Eu, ce-i drept, am ajuns în Pipera cam posomorât.

— *Ce ai pățit? Nu eşti tu azi!* începu Răducu să mă descoasă.
— *Eh, m-am certat ieri cu R.!* îi mărturisesc eu.
— *Cum aşa?*
— *Păi, eram în Centrul Vechi cu el aseară şi beam un ceai! După ce am terminat ceaiul, i-am zis că îl duc eu acasă cu maşina. Pornim amândoi pe Lipscani, iar la colț era trăsura aceea cu hot-dog. Cumpărăm doi cârnăciori şi plecăm agale spre Calea Victoriei. Nici nu apuc să muşc şi R. mă roagă să alergăm căci îi e frig. I-am răspuns politicos că nu prea pot să alerg şi să mănânc în acelaşi timp. El nu şi nu, să alergăm. M-am dus, am aruncat sandvişul la un tomberon — căci oricum s-ar fi răcit, n-ar mai fi fost comestibil — şi eram pregătit să îi fac pe plac. La care el, se duce, aruncă şi el ce cumpărasem şi îmi zice că din acel moment nu mai avem ce să discutăm. S-a întors şi a plecat în direcția opusă. Am rămas total bulversat. Am început să merg şi eu*

*trezindu-mă la un moment dat pe la Universitate. Nici nu mai ştiu cum am ajuns acolo.*

Răducu începu să râdă.

— *Oamenii sunt diferiți! N-ai să găseşti unul la fel! Unii sunt mai impulsivi, alții mai calmi! Aşa sunt şi nu poți să îi schimbi! Din contră, e frumos să îi acceptăm aşa cum sunt! Nu cred că R. a fost rău intenționat ori într-adevăr supărat! Pur şi simplu aşa a reacționat pe moment! O să dea un semn, nu-ți face griji!* mă încurajă el.

— *Răducu, uită-te la mine, eu reacționez foarte mult în virtutea sentimentelor. Nu e bine. Căci, la un moment, dat mă epuizează! Tu cum faci de reuşeşti să fii tot timpul aşa zâmbitor?* îl întreb eu într-o zi.

— *Nu ştiu exact!* râse el. *Cred că deoarece nu am niciodată aşteptări de la nimeni. Atâta timp cât nu am aşteptări, acea persoană nu are cum să mă dezamăgească.*

Mi-am luat un moment să respir şi să procesez vorbele lui.

— *Ar trebui să facem împreună o plimbare dincolo de granițe!*

— *Vara viitoare! Hai să mergem în Europa! Trebuie să încerci neapărat! Cu maşina nu are farmec! Sunt aceleaşi locuri. Însă, de pe motor vezi lumea altfel! Şi îți jur că nu o să plec din lumea asta, fără să fi ajuns până la Capul Nord sau măcar până la Gibraltar.*

— *Cum ar fi să facem înconjurul lumii împreună cu motoarele nostre dragi? Ar trebui să încercăm asta, măcar o dată în viață!* îmi veni mie ideea năstruşnică.

— *Eu sigur sunt dispus. Ar fi ceva fabulous. Sunt atâtea de cunoscut, atâtea de văzut, de experimentat.*

Mai bine de atât nu o puteam spune nici eu. Cu adevărat, în viață contează curajul de a împlini un vis şi curiozitatea de a pătrunde în esența cunoaşterii. Amândoi aveam în minte că vara viitoare avea să fie ceva de neuitat.

Pe la începutul acestei veri însă, începeam să mă simt apăsat de o mare nelinişte. Ea provenea din interior, reprimate undeva în adâncul meu; nelinişti ce încercau acum să iasă la suprafaţă. Nu erau bazate pe un motiv concret, însă mă străpungeau precum nişte săgeţi ce trebuiau neapărat eliberate. Un imbold straniu m-a făcut să ies din casă. Aceeaşi forţă nevăzută m-a făcut să verific cutia poştală unde am găsit, pe centru, un singur plic, mic, simplu. L-am cercetat pe o parte şi pe alta, aşteptându-mă să fie una din facturile pe acea lună. Surprinzător, nu era imprimată cu sigla niciunei firme, era alb, fără nimic scris nici pe o parte nici pe cealaltă. L-am deschis pe loc, curios, nimeni nu mai trimite scrisori în ziua de azi. În interior era, împăturită în două, o felicitare ale cărei file gălbui încă păstrau urmele unui desen creionat în tonuri diferite de gri, din câte se părea, făcut cu ani în urmă. Pe ea am putut citi clar, un scris unduit într-un stil romanţat, următoarele:

*„Vă poftesc să cinstiţi alături de mine, în clipele de mare sărbătoare, la nunta copilei mele, Elena.*

*Vă aştept cu drag în locul pe care bine îl cunoaşteţi"*

Din semnătură, ce semăna cu cea a bătrânilor înţelepţi, se putea distinge clar un A întortocheat. Atunci, am înţeles cine era expeditorul şi că nu eram singurul ce primea această invitaţie. L-am sunat imediat pe Răducu.

— *Ştii, am primit o carte poştală!* îi zic eu.
— *Da, de la Moş Anghel, precis! Şi la S. a ajuns una identică. Cu siguranţă şi la L. şi G.!* îmi răspunse Răducu.

— *Ce facem? Voi ce părere aveţi?*
— *Mergem, mai încape vorbă! Luăm motoarele şi îi facem o bucurie!*
— *Eu sunt de acord cu tine, însă când anume este evenimentul? La mine nu e trecută nicio dată.*
— *Mai bine să ne întâlnim în seara asta la Biker's Otopeni şi să stabilim toţi!* îmi propune Răducu.

Zis şi făcut. Am dat apelul de adunare şi pe la ora 17:00 deja planificam când şi cum o să plecăm.

— *Sunăm la local şi cerem informaţii!* spuse S.
— *Eu propun să mergem mâine! Ştiţi şi voi cum e Moş Anghel de „secretos"!* râse uşor Răducu.
— *Apărem, aşa, pe nepusă masă?* întrebă G.
— *Nu cred să fie o problemă! Mai rămânem prin zonă! Facem o vacanţă prelungită!* răspunse L.
— *Dacă e vacanţă şi ne include pe noi, atunci are să fie cu adevărat sărbătoare! Haideţi mâine cu motoarele!* zâmbi larg Răducu.

Şi aşa rămase. A doua zi, dis-de-dimineaţă, îmbrăcaţi în costume, cu gecile de echipament pe deasupra, cu căştile pe cap, la locul lor, am apucat cu aceeaşi plăcere şi determinare coarnele motoarelor. Drumul spre Cheia, tocit de atâtea ori de roţile noastre, în care ajunsesem să ne regăsim ca prieteni de drum şi prieteni de suflet, zbura pe lângă noi precum pasajele familiare dintr-o carte, memorate pentru totdeauna. Moş Anghel aştepta zâmbăreţ la cotitura dintre drumuri.

— *Dragii moşului, sosit-aţi în timp bun! Tocmai o pregătesc!* ne spuse el.
— *Pe cine pregăteşte?* întrebă G. curios.

S. îi făcu semn să tacă, şi se adresă imediat bătrânelului:

— *Unde trebuie să ajungem, Moş Anghel? Ne oprim aici, la local, ori …?*
— *Urmaţi potecuţa asta ce trece dâmbul prin spatele localului. La capătul ei stau răsfirate câteva case. În dreptul celei de-a treia vă opriţi şi intraţi în curte. Vă veţi dumiri exact când veţi vedea alaiul şi lăutarii. Eu vă voi aştepta în pridvor!* ne mai explică Moş Anghel şi porni încet de-a dreptul peste deal şi nu pe poteca ce ne-o indicase nouă.
— *Cum să ajungă el înaintea noastră? Trebuie să îi lăsăm o marjă de avans, până la urmă e socrul mic!* glumi vesel Răducu.
— *Totuşi, pe cine spunea că pregătesc?* mai întrebă o dată G.
— *Pe Elena, fata lui, pe cine altcineva?!?* îi răspunse S. serios înainte de a-şi potrivi casca.

De la local până la Moş Anghel acasă ne-a luat vreo cinci minute să ajungem. Am oprit motoarele lângă portiţa mică din lemn, vopsită într-un maroniu şters, şi ne-am aruncat o privire asupra scenei însufleţite de muzică ritmată a câtorva lăutari. Curtea nu părea aşa spaţioasă, însă nu puteam spune cu certitudine, căci era plină ochi cu oameni, neamuri şi vecini, ce trimiteau până departe, în munţi, chiotul lor. Moş Anghel, şedea cocoţat pe prispă cu carafa în mână şi ne făcu semn să intrăm. A coborât cele două scăriţe de piatră şi ne-a condus până la o masă lungă, boierească, încărcată cu fel şi fel de bunătăţi. Ne-a pus la fiecare ţuică în ulcele şi ni le-a întins. Le-am acceptat şi am ciocnit în sănătatea mirilor, fără însă a bea.

— *Mulțumesc, dragii moșului! Luați, beți, veseliți-vă! Bucurați-vă de ziua asta!* ne spuse și se amestecă printre ceilalți nuntași.

— *Cu singura diferență că noi nu putem să bem!* făcu G. descumpănit, după ce bătrânul se pierdu prin mulțime. *Sau putem...?* se lăsă el tentat, pregătindu-se să ducă carafa la gură.

— *Nu, nu putem!* i-o taie S. și luându-i vasul din mână îl așeză înapoi pe masă.

— *Lasă că ne amestecăm în horă! O să vrei apoi numai apă!* râse Răducu.

Printre iile țesute în model de roșu, negru ori albastru, printre roirea de opinci legate cu ciucuri de piele tăbăcită, se observă, răsărind dintre celelalte capete înfășurate în năframe viu colorate, forma unui cap bălai cu șuvițele strânse într-un coc împrejmuit de frăgezimea florilor sângerii de mac. În jurul ei se auzeau bocete și suspine, în timp ce o mână fermă îi prindea în ace negre cununa din dantelă și beteală lucitoare. O altă mână veni din partea opusă și îi trase peste cocul înflorit, un voal lung de mătase albă. Întreagă scenă mă făcea să mă simt puțin stânjenit, nu mai asistasem la o nuntă bătrânească până acum. Mi-am întors privirea în jur. S., grav, ca întotdeauna, își găsise un punct fix asupra căruia se concentra, G. se trăsese mai aproape de masă, gustând între timp câte o cireașă de mai sau căpșuni; L. încerca să se ridice cât mai mult pe vârfuri pentru a prinde cât mai amplu desfășurarea tradițională a gătirii miresei; Răducu urmărea cu ochi blajini, detașat, mișcările neregulate ale oaspeților. Ochii mei s-au oprit mai apoi, într-un colț depărtat al curții, unde, fără greșeală, am putut distinge formele unei motociclete, cele frecvent folosite în anii '60. Era ruginită, roșul — odată lucios – acum era impregnat de maroniul închis ce îi confirmă îndurarea ploilor şi a capriciilor vremii.

— *Când eram tânăr am avut şi eu pasiunile mele! Dar acum s-a aşternut praful, ca peste toată casa asta, de altfel!* aud glasul melancolic al lui Moş Anghel în spatele meu. Am tresărit.
— *Cum? Matale ai fost motociclist?* îl întrebă S. mirat.
— *Oamenii ce au ceva în comun ori se caută ori se întâlnesc neprevăzut!* mustăci ştrengăreşte bătrânul.
— *Sunt câţiva în lumea asta, nu mulţi, pe cât s-ar crede, care încearcă să depăşească zarea. Aşa cum pot ei. Ori cum le e dat!* Mai spuse Moş Anghel, privind cu jind la motoarele noastre.
— *Puteţi încerca, dacă vreţi!* îl îmbie Răducu.
— *He, he!, să ştiţi voi că vine o vreme când fie ce o fi, te opreşti! Tinereţea nu se mai întoarce şi oricât ai vrea să mai continui, condiţia fizică nu-ţi mai permite! Ehe!, sunt îndeletniciri ce merg mână în mână cu timpul! La un moment dat, oricât ai vrea să continui, nu poţi, te opreşti! De-am fi veşnic tineri...* suspină moşneagul şi îşi întoarse faţa către vechiul său MZ.
— *Eu n-am să mă opresc niciodată!* îi spun eu convins.

Bătrânelul lasă tăcerea să se scurgă între noi, ca o decizie încă nestabilită.

— *De ce nu mergeţi în faţă? Să fiţi alături de Elena? Azi e o zi mare pentru ea!* îi spuse S. cruţându-i lui Moş Anghel amintirile din tinereţe.
— *Bărbaţii nu au ce căuta acum acolo! Gătitul e treaba femeilor! M-oi duce să o petrec pe poartă! De acum soarta se învârte în voia ei!* spuse el şi porni pentru a săvârşi ceea ce tocmai spusese.

*— Să îi facem o surpriză! Să o petrecem cu „chiuitul"
nostru specific!* zâmbi L.

*— Nu e rea ideea!* o aprobă G.

Astfel, după ce hora între neamuri se încinse, după ce
mireasa dănţui în mijlocul ei cu naşul, iar bucăţi de colac
copt pe vatră au fost aruncate întru prosperitatea noii
căsnicii, alaiul începea să se adune, grămăjoare, pe lângă
portiţă. La trăsura împodobită cu ştergare frumos ţesute şi
flori de câmp adunate împrejurul pernelor albe, erau
înhămaţi doi armăsari albi cu coamă stufoasă, împletită în
bănuţi aurii, ce-şi aşteptau blânzi stăpâna. Cu strigături şi
joc, mulţimea conduse tânăra până la trăsură şi o ajută să
se ajeze între pernele no; unii îi aranjau rochia de catifea,
alţii o mâgâiau, îi urau prin cântece viaţă îmbelşugată şi
fericită.

Noi, în urma lor, am urcat pe „titani" şi în cinstea
socrului, despre care ştiam acum un amănunt concret —
probabil singurul, de altfel — am turat motoarele, eliberând
fumul gros în „cântecul de joc" al tobelor de metal.
Întreaga scenă îmi dădea o stare de nelinişte, Şoimul era şi
el nelămurit, ciudat surprins de învârteala şi iuţeala cu care
se derulau mişcările ritmice ale alaiului. Un haos menit să
producă bucurie, mie îmi transmitea îngrijorare. De
undeva din depărtare Moş Anghel ne privea îmbujorat,
înclinându-şi capul în semn de mulţumire. La biserică nu
ştiu cum au decurs lucrurile, deoarece am preferat să
aşteptăm afară, la o ţigară; din-năuntru se mai auzeau
până la noi răsunând clopotele şi un glas firav, ceremonial.
Vântul începu să sufle uşor, ademenind norii.

Înserarea ne-a găsit ospătând la una din mesele
aranjate pentru oaspeţi în grădina din spatele casei
socrului mic. Vântul bătea acum ceva mai tare, însă nimeni
nu părea tulburat din pricina aceasta. Printre buruienile

culcate de opincile sprintene, erau căzute câteva pahare şi fărâme de beteală, ce lasă dâre de sclipiri pe care luna încet, încet le acoperea cu umbra. Crengile celor câţiva pomi fructiferi se prelungeau pe zidurile albe ale casei, în flacăra câtorva lumânări lungi de ceară. Pe ringul de dans improvizat, închis între tufele de trandafiri sălbatici încă neînfloriti, se mai găsea cel puţin câte un mesean care să menţină ritmul mai uşurel. Ca mai apoi, dintr-o dată, lăutarii să scârţie puternic pe strune, iar acordeonul să zbârnâie o săltăreaţă, chemând lumea la horă. Cu mic, cu mare, se adunară buchet, fluturându-şi cămăşile, ţinându-se strâns de mâini.

— *Să dănţuim şi noi!* propuse G.
— *Eu nu pot ţine pasul cu ei!* îl anunţă S.
— *Facem o horă mai mică, lângă! Hora noastră!* veni L. cu ideea.

Ne-am prins de mână, formând cercul, şi ne-am lăsat purtaţi de propriul nostru ritm, răspândind în jur bucuria împărtăşirii acestui moment atât cu ceilalţi, cât şi cu noi înşine. Căldura se risipea în viteza învârtiturii, iar veselia noastră nu cunoştea margini. Eram împreună, între prieteni, iar asta era de ajuns să ne simţim fericiţi. Pe neaşteptate, o mână străină rupse şirul şi în piruete lente ne fixă pe rând cu privirea de un albastru clar. Părul blond acum îi cădea în şuviţe pe umeri, iar rochia albă părea că taie umbrele.

— *Se cade, la asemenea ocazie, să poftesc ca unul dintre voi să danseze cu mine! Cel pe care-l aleg, acela să fie!* spuse mireasa serioasă.

Şi, neoprindu-şi dansul, îşi întinse degetele-i subţiri spre mine şi mă atinse în treacăt, ca mai apoi să îl prindă pe

Răducu de mână, desprinzându-l din mica noastră horă. Atingerea ei rece mă trezi din reveria în care pluteam parcă amorţit. Puteam distinge clar amestecul de muzică săltăreaţă cu fluierături stridente şi râsete fără noimă, iar eu dintr-o dată rămăsesem fără aer. Picioarele continuau să meargă ghidate mecanic, după celelalte, grădina şi capetele înflorate se învârteau indescifrabile, iar eu mă simţeam prins că într-o colivie fără zăbrele. La câţiva metri depărtare am putut totuşi desluşi pe fata lui Moş Anghel, ce-l învârtea pe Răducu în acelaşi acord nebun de vioară şi clape. Faţa ei nu purta niciun zâmbet, nicio expresie, era palidă, parcă plânsă şi obosită. Ochii ei sticloşi întâlniră o secundă înfrigurarea privirii mele. Şi, atunci, gheaţa ce o simţisem în degetele ei, mi se urcă spre piept sub forma unui fior ce mă făcu să înţepenesc. M-am smucit brusc dintre ceilalţi şi, părăsind hora, m-am retras aproape de trunchiul gros al unui nuc, de care m-am sprijinit.

— *Eşti bine?* mă întrebă S., ce ajunse lângă mine imediat.
— *Da! M-a ameţit atât de tare jocul, încât am vedenii!* am încercat eu să glumesc, deşi înăuntrul meu ceva se pregătea să explodeze.
— *Îţi aduc un pahar cu apă!* se oferi L. şi porni spre masă.
— *Nu eşti deprins cu dansul!* aud vocea lui Moş Anghel, râzând lângă mine.
— *Nu, nu prea!* îi răspund.
— *Să ştii, înainte, pe meleagurile acestea, nunta dura 3 zile şi 3 nopţi! Dar, acum, ne-am adaptat şi noi după datinile voastre. Ce să facem, roata merge şi se învârte!*

Privindu-l acum pe Moş Anghel mă cuprindea un presentiment întunecat.

— *Noaptea asta e de ținut minte! Nu am mai dansat aşa de ceva vreme!* îşi trase sufletul Răducu, în sfârşit eliberat.
— *Pentru mine e de ajuns!* râse G.

L. se apropie şi îmi aduse mult-doritul pahar cu apă, pe care eu îl golii dintr-o înghiţitură.

— *Moş Anghel, dar mirele unde-i?* îl întreb eu, respirând greoi. *Nu am reuşit încă să facem cunoştinţă!*
— *O fi obosit, s-o fi odihnind şi el, săracul!* îmi răspunse G. în locul moşneagului.
— *Radule, eu aş merge să verific motoarele! Vrei să vii cu mine?* încerc eu atunci să-l iau pe Răducu de-o parte să îi pot înşira neliniştea mea.
— *Ei, ce să aibă motoarele? Sunt bine!* îmi răspunse imediat S.
— *Nu mai bine mergeţi cu moşul să va dea bunătate de vin din beci? Nu pentru acum, pentru acasă!* ne ademeni gazda.
— *Zarurile sunt la matale în seară asta, Moş Anghel! Tu spui, iar noi ne supunem!* râse Răducu.
— *Ehei, băiatul meu, cum a fost spus demult, zarurile au fost deja aruncate!* zâmbi cu blândeţe bătrânul, privindu-şi copila cum dispare după peretele alb al casei.

I-am urmat neîncrezător, bâjbâind la fiecare pas, încercând să-mi domolesc îngrijorarea ce mă apăsa precum un ghimpe. Nici răsărirea urmelor de lumină ale dimineţii, nici reîntoarcerea pe Şoimul meu şi nici faptul că ne înapoiam după o zi şi o noapte nedormită acasă, nu m-au făcut să elimin complet sentimentul de nesiguranţă. Ceva avea să se întâmple şi îmi doream din tot sufletul să evit asta. Aşa începuse un nou sezon moto, un nou val de expediții şi năzuințe.

În linii mari, perioada de activitate a unui motociclist se numără în sezoane. De primăvara până toamna, atunci îi vedeţi în ascensiunea lor, atunci îi puteţi admira sau îi puteţi privi rece ori întrebător, în trecere. Pe timpul iernii motocicliştii, am putea spune, se transformă pentru restul lumii în oameni obişnuiţi. Alegoric vorbind, deoarece majoritatea oamenilor sunt cât se poate de obişnuiţi. Acum depinde numai de cel care îi priveşte. Oamenii pozitivi aduc lucruri pozitive. E acea clipă, când toată energia universului e dată prin simpla prezenţa a oamenilor cu care energia ta se împacă, cu care poţi face orice cu convingerea că totul se va termina cu bine. Pentru că toată forţa lor pozitivă se acumulează şi transformă deznodământul într-unul favorabil. Şi sunt apoi acele clipe pe care nu le intuieşti, ce sunt acolo încă dinainte de a se petrece, aşteptând încolţite să răbufnească. Atunci trebuie să hotărăşti: ori te opreşti şi faci cale întoarsă, ori mergi înainte, conştient, spre marginea prăpastiei. Asupra grupului nostru se lăsase un fel de ceaţă, nu mai organizăm ieşiri, toţi erau cufundaţi în problemele lor, iar eu începeam să nu-mi mai simt locul. În acel început de sezon rămăsesem mai mult eu cu Şoimul să colindăm. Nu mă deranja nespus, însă simţeam că parcă ceva lipseşte. Ziua fatidică, în care mă trezisem cu o stare întoarsă şi aveam presentimentul că ceva neprevăzut, urât se va întâmpla. Cu toate astea, am zis da atunci când am fost invitat să mă alătur la o plimbare spre mare, cu doi motociclişti pe care îi ştiam în treacăt. Nu mă interesa că merg cu ei, în principiu eu voiam să văd valurile.

Sâmbătă, pe la 6 dimineaţa, am plecat, iar tot Bucureştiul a plecat odată cu noi. Până să ajung pe autostradă, era să fac vreo trei accidente. Unul dintre ele după Pasajul Obor – un SUV, în intenţia de a face viraj la stânga, s-a oprit fix pe banda mea, deşi mă văzuse. Iar la Piaţa Muncii mi-a sărit brusc, în faţă, un pieton. Până la A2 pentru mine era clar. Ştiam sigur că în ziua aceea ceva se va întâmpla. Parcă eram sub efectul unei vraje nocive, orice în jurul meu îmi spunea să mă întorc, iar eu tot mergeam, mecanic, înainte, parcă eram controlat de forţe ce nu aveau legătură cu raţionalul. În ziua aceea, pe autostradă avusseră loc 26 de accidente, printre care al meu. Pe măsură ce ne apropiam de Cernavodă, lucrurile se complicau. Maşinile deveneau tot mai numeroase şi au început să încetinească în urma coloanei ce se forma. Am oprit şi eu. În urma mea venea cu viteză o maşină şi din câte puteam să observ în oglindă nu avea de gând să oprească. Nu aveam unde să mă duc. Nu aveam timp să fac nicio manevră de salvare. La viteza lui nu mai aveam nicio şansă de supravieţuire. M-am strâns pe motor, m-am făcut mic, am închis ochii şi aşteptăm să mor. Am auzit un scârţâit puternic de roţi, m-am lăsat mai jos, practic îmbrăţişându-mi Şoimul, apoi se făcu linişte. Simţeam vântul bătându-mi la baza cefei. Simţeam. Asta era un lucru bun. Deschid un ochi, văd maşinile din faţă încă oprite. Îl deschid şi pe celălalt, văd milimetric lângă mine un Jeep. Eram viu, şi eu şi Şoimul. Maşina încăpuse la limita între mine şi vehiculul de pe banda opusă. În creier, beculeţul roşu îmi dădea semnale: Azi, sigur o păţeşti! La ieşirea de pe A2 facem sensul giratoriu, iar unul dintre partenerii de drum, care mergea în faţa mea, se opreşte pe dreapta şi îmi face semn să-l depăşesc. În faţa mea era o maşină de poliţie, fac dreapta, intru în coloană – era linie continuă, colegul trecuse în spatele meu. Îmi pregătesc motocicleta, pun faza lungă, mă poziţionez mai aproape de latura stânga a drumului, intru în depăşire. O singură secundă a durat, tot ceea ce ochiul meu a perceput a fost o maşină ce iese brusc din coloană şi îmi taie calea. Întunericul se înfăşură asupra mea că o mantie groasă de iarnă, pe care eu o împingeam inconştient, neştiind care-i suprafaţa la care ar fi trebuit să ies. Sunet de frâne, gheare strânse şi fâlfâit târziu de aripi se înghesuiră impregnate într-un colţ de memorie.

— *Opreşte-te, Dan!* îmi şoptea vocea neliniştitoare, adusă de undeva de pe văile Cheii. *Şoimii mor în prăbuşire!* îmi vuia prin urechi de parcă eram într-o gară.

M-am trezit din reveria tuturor amintirilor răsfoite parcă involuntar în zdruncinăturile vagoanelor pe care de abia le sesizam. Un tren fără de prezent, ce m-a purtat prin propria bulă de timp, în scârțâitul roților, ce anunțau acum, țipând, capătul liniei. Ajunsesem acasă. Ajunsesem în București.

Când picioarele mele au făcut din nou contact cu cimentul gării, știam că nu e decât un singur loc unde ele trebuie să mă poarte. Îmi stăpâneam destul de prefăcut teama și tremurul grozav ce mă cuprinse; poate că aveam doar eu impresia că în fața celorlalți par puternic, pentru a mă restabili pe mine odată intrat în Spitalul Universitar, cu holurile lui înguste, de un albastru incert. În sala de așteptare pentru familie i-am găsit pe toți cu chipurile grave, între speranță și înspăimântare.

— *E la terapie intensivă! Nu ne lasă să-l vedem!* îmi spuse L.
— *Cum e? Care e starea lui?* încerc eu să smulg același crâmpei de speranță pe care îl zăream în colțul ochilor lor.
— *Doctorii nu sunt prea optimiști! Dar monitorizează totul, țin situația sub control!* îmi răspunde G.
— *De Răducu depinde acum să lupte. Numai de el!* îmi spune și S.
— *O să fie bine, trebuie să fie! Răducu e un luptător!* se încurajează L.
— *E în comă!* subliniе S. cu masca realității bine pusă.

Un fior m-a trecut pe şira spinării. Aş fi vrut să-l văd, însă nu era nimeni din personalul medical prin preajmă, cu care să pot vorbi între patru ochi.

— *Cum s-a întâmplat?* am vrut să ştiu.
— *Era undeva prin cartierul Cotroceni, mergea încet, ca pentru oraş. Aproape de o intersecţie i-a ieşit de pe o străduţă o maşină, brusc, în faţă. Distanţa până la impact a fost mică. De frânat, cred că a frânat, însă nu a mai putut evita. A intrat direct în stâlpul central al maşinii. Avea cască, dar...* îmi explică S., cu glas scăzut.

Ce mai puteam spune. Neatenţia în trafic nu e ceva străin. Şi nu îi acorzi o importanţă aparte, decât atunci când eşti implicat direct într-o tragedie de genul asta. Ce ar fi putut înţelege persoana care conducea acea maşină că, din vina ei, un suflet bun stătea acum încremenit pe un pat de spital, aşteptând. Era prea târziu să înţeleagă ceva. Simţeam că aş fi vrut să o calc în picioare. Probabil, dacă aş fi avut-o în faţă mea, aş fi făcut-o. Măcar gândul acesta îmi putea circula liber, măcar în imaginaţie aş fi dorit că rolurile să fie inversate. Justiţia divină să îşi ia măcar pentru o dată atribuţiile în serios şi să aşeze lucrurile pe un făgaş just. L., S. şi G. au mers la intrare să îşi ia o cafea. Eu am zis că vreau să mai rămân un timp acolo, în faţa uşii. După ce au părăsit aripa vizibilă, m-am uitat în jur. Familia lui era retrasă într-o parte, aşezată pe scaunele de lemn. Nu puteam sta deoparte. Trebuia să îl văd. Am apăsat clanţa şi am intrat repede, înainte ca cineva să observe.

Răducu era învelit până în gât cu o pătură subţire, albă, iar capul îi era înfăşurat într-un bandaj. Mă uităm spre el şi îmi era greu să îl recunosc. Urmele accidentului i se imprimaseră pe chip. Mă aşteptam să-mi zâmbească şi am aşteptat o vreme întocmai acest lucru. M-am dezmeticit, realizând că nu se va întâmpla de data asta. M-am apropiat destul de mult, aş fi vrut să îi pun mâna pe umăr că în alte dați, însă îmi era teamă să nu fac mai mult rău.

— *Sunt eu, Tano! Să te faci bine, auzi! Vara asta ai zis că vom colinda lumea în lung şi-n lat! Suntem toți aici şi abia aşteptăm să te trezeşti, să mergem într-o plimbare pe Cheia! VFR-ul se repară, te aşteaptă şi el! Luptă, luptă din răsputeri, sunt sigur că are să fie bine!*

Aşteptam încă să-mi zâmbească, să îmi spună râzând „ai dreptate Tano, se duce şi asta şi pornim la drum." Am părăsit salonul de terapie intensivă cu acest răspuns, ca ultima speranță de care mă agățăm. Când am închis uşa în urma mea, nu mă mai puteam susține. Gleznele mi se înmuiaseră, iar mâinile – ce nu apucaseră să-l atingă pe Răducu – tremurau. M-am târât până la un coridor vecin, unde m-am prăbuşit, năuc, într-un scaun stingher. Mi-am aşezat capul în mâini şi am rămas aşa multă vreme.

Am plâns pentru toți cei pentru care nu plânsesem până atunci, pentru viața mea răsturnată într-un fâlfâit de aripi, am plâns pentru amintiri, pentru vorbele ce aveam să nu le mai aud, am plâns pentru viața lui, ce merita minunea pentru care ne rugam toți şi ne adunase gând în gând, mai puternic ca niciodată. Când veşnicia te cheamă, rămâne în urmă un gol pe care numai veşnicia îl poate umple, atunci când vine vremea...

# EPILOG

Eram complet singur. Nu mai aveam nimic, nimic în mine, nimic de care să mă susţin. Mă recuperam fizic, prindeam putere. Rănile dinăuntru însă, nu se vindecau. Priveam tavanul şi încercam să descopăr ce e dincolo de alb. Acelaşi alb pe care îl scrutam atunci, după accidentul Şoimului, când m-au dus la spital şi mi-au bandajat piciorul într-un ghips gros. Rememorând ce se întâmplase până atunci, m-am oprit asupra momentului în care mi-am venit în fire, după ce am fost aruncat pe partea cealaltă a şoselei. Mă trezisem în timp ce mă uitam la cer. Ştiam foarte clar unde sunt şi că am avut un accident, dar nu înţelegeam pe moment, unde e viziera de la cască. Undeva, lateral, puteam vedea un poliţist. Am început să mişc, mi-am întors capul într-o parte şi mi-am văzut motocicleta praf. Puteam să fi murit. Nu cred că durerea ar fi fost atât de mare, ca în acel moment, în care Şoimul meu era ţăndări. M-am uitat şi la maşina cu pricina. Părea neatinsă, nu avea nici o zgârietură.

— *Să nu plece! Să nu plece, că vreau să vorbesc cu el!* am început să urlu disperat spre poliţie. Nu mai ştiam de mine. Nu puteam înţelege cum maşina era fără zgârietură, iar motorul meu în ultimul hal.
— *Unde să plece? Că nu are cum să plece!* îmi răspundeau poliţiştii, încercând să mă tempereze.
— *De ce?*
— *Păi, e făcută praf!*

Impactul motocicletei cu maşina a avut loc în roata stânga – faţă, i-a distrus tot ce era funcţional pe dedesubt. Au scos maşina de acolo pe platformă, nu se mai putea merge cu ea. Ultima răzbunare a Şoimului meu. Echipamentul meu era zgâriat, eu din fericire puteam merge. Casca Schubert şi geaca de la Icon contribuiseră din plin la salvarea mea. Însă nu mă simţeam prea bine.

— *Noi avem aici, la Cernavodă, unul din cele mai moderne spitale din ţară, ştiţi, cum avem centrală nucleară... Însă nu există personal! îmi spune unul dintre poliţişti. Cel mai bine e să mergeţi la Bucureşti!*
— *Haide, totuşi, să încercăm. Poate e cineva!*
— *Degeaba încercaţi, dacă vreţi şi ştiţi să vă faceţi singur radiografii ori EKG, noi vă ducem! Dar nu găsiţi pe nimeni acolo, vă zic!*

Încet, încet se făcea curăţenie pe şosea, poliţia îşi strângea lucrurile, platforma luase maşina, cei cu care mersesem erau ocupaţi cu telefoane. Rămăsesem dintr-o dată singur, undeva la o bucată de drum, unde nici nu voiam să-mi amintesc că am fost vreodată. Aşteptam, probabil, un miracol, ce nu avea să se petreacă. Ultima mea imagine cu Şoimul meu, plecând pe platformă. Mi-am întors spatele. Ne îndreptam cu o tăcere de mormânt în direcţii total opuse. Pentru prima oară mă simţisem cu adevărat părăsit pe marginea unei prăpăstii.

Întors acasă, deşi doctorul îmi interzisese părăsirea domiciliului pentru o săptămână eu m-am aventurat până la Suzuky service pentru a lămuri în ce măsură îmi pot salva Şoimul.

— *Noi încercăm tot ce se poate! Dar un răspuns concret nu vă putem oferi acum! Rămâne să verificăm toate funcţiile şi abia apoi putem concluziona! mi-au spus ei.*
— *Va rog! Nu contează cât costă! E important pentru mine! Faceţi tot pentru a-l salva! îi rugam eu*

necontenit, şchiopătând în jurul Şoimului, culcat pe placajul din incinta service-ului.

Un ţârâit melodios îmi întrerupse şirul evenimentelor, pe care le derulam în gând. Cine putea fi? Nu mai vorbisem cu nimeni de câteva săptămâni.

— *Da!* răspund eu numărului pe care nu îl cunoşteam.
— *Domnul Tano?* mă întrebă o voce de bărbat.
— *La telefon!*
— *Suntem de la reprezentanţa Suzuky service! Aveţi adus la noi un Suzuky GSXR 1300 Hayabusa! V-am sunat pentru a vă informa că puteţi veni oricând la sediu, pentru a-l ridica!*
— *E gata? Merge?* întreb eu uimit.
— *Da, am putut să-l punem pe „picioare“! Puteţi pleca cu el de aici, dacă doriţi.*

Le-am mulţumit frumos, peste măsură de fericit. Era o fericire la care nici nu îndrăznisem să visez în tot acest timp. Când mă îmbrăcam, încă mă întrebam dacă acea conversaţie chiar a avut loc ori imaginaţia îmi joacă feste. În maximum jumătate de oră eram prezent în faţa service-ului, oferind laude multiple băieţilor de la Suzuki pentru îndemânarea şi rapiditatea lor.

Revederea cu Şoimul a fost pe cât de emoţionantă, pe atât de pragmatică. Mi-am luat la revedere şi, ieşind din curtea lor, am cotit spre autostradă. Îmi doream să-mi testez motocicleta, să-i simt eventualele sechele, pe care ea ar fi putut să le aibă în urma accidentului. Mergeam precaut, dar liber. Nu aveam trac şi nici un muşchi nu era altfel decât aşa cum trebuia să fie. Eram calm, răbdător şi foarte aproape de ea, de cea care mă purta aproape zburând pe şosea şi în braţele căreia îmi pusesem deseori viaţă. Era alături de mine, îi simţeam fiecare vibraţie şi la orice gest al meu, mai blând sau mai brusc, ea răspundea cuminte, parcă îmi cerea să am încredere în ea. Priveam şoseaua cum şerpuia înaintea mea şi încercăm să anticipez jocul rutier al celorlalţi cu care o împărţeam. Accidentul îmi oferise un motiv în plus să încerc să anticipez mişcările colegilor de trafic – dar, retrăind acel moment, mi-am dat seama că atunci era imposibil de anticipat şi că totul s-a redus la neşansă, în primul rând, dar şi la un noroc chior, în faza a doua. Şoseaua mă aştepta plată şi destul de liberă la ora aia. Pe măsură ce acceleram, motocicleta îmi oferea din nou siguranţa cu care eram obişnuit. Şerpuiam lin printre maşini şi lăsam în urmă doar zgomotul surd al tobelor. Autostrada se apropia şi, odată cu ea, şi senzaţia mea că totul este aşa cum trebuie să fie revenea. Am urcat calm şi mi-am însuşit starea de atenţie mărită, pentru că anticipam ceea ce avea să urmeze. Era drumul spre mare, drum pe care îl ştiam atât de bine – locul unde mi-am testat de multe ori resursele, atât pe ale mele, cât şi pe ale motocicletei. Am accelerat lin, ştiam că în zonă e un loc unde există radar, aşa că nu am depăşit viteza legală. Testam motorul, mă testam pe mine. Pe măsură ce viteza creştea, m-am lipit de rezervor şi am început să privesc mult în faţă. Cu cât viteză este mai mare, autostrada devine mai şerpuitoare şi senzaţia de drum drept pe care o ai în mod normal, dispare. Totul devine un drum sinuos, care are curbe largi, care devin tot mai apropiate cu cât acul vitezometrului se aproapie de 300. Mergeam tare şi priveam mult înainte, la mai bine de un km în faţă. Pentru că ştiam că orice lucru se întâmplă acolo, eu ajung mult prea repede, aşa că aveam nevoie de spaţiu şi timp ca să pot anticipa şi, după caz, să previn. Şoimul se comporta bine, simţeam că vrea mai mult, aşa cum şi eu, după aşa o pauză, îmi doream mai mult. Au fost momente în care viteza mi se părerea incredibil de mică şi chiar cochetam cu ideea să-i scot limitatrea de viteză. Dar acum, eram acolo, cu ea, şi împreună străbăteam kilometri întregi printr-un spaţiu temporal, rezervat parcă doar pentru noi doi. Liniile punctate se transformară într-o linie continuă, iar maşinile care mergeau deveneau, parcă, nişte jaloane. Zburam împreună într-o îmbrăţişare pură şi simţeam în ea bucuria retrăirii momentelor pe care, timp de peste doi ani, le petrecusem împreună. Nu vedeam niciun tunel, nu se contracta spaţiul. Dar pe măsură ce viteza creşte, timpul se dilată în interiorul meu, al nostru, făcând ca viteza de reacţie să devină principala armă de apărare împotriva unor lucruri neprevăzute.

— *Cum e la 300?* am fost întrebat, şi nu o dată. *E adevărat că există un fel de tunel prin care te uiţi şi totul se reduce doar la un punct de reper?*
— *Nu, am fost acolo şi te asigur, nu există tunel. Însă există, în fiecare din noi, o accelerare a vitezei de reacţie. Creierul îşi accelerează foarte mult procesarea şi îţi oferă un timp mai bun de reacţie, al tău, în interior, chiar dacă în mod normal timpul este acelaşi.*

Viteza face parte din noi, cei care ne extragem adrenlina din ea, şi de multe ori ne-am gândit cât de binevenit ar fi un circuit şi la noi, în România, astfel încât toţi împătimiţii să vină şi să-şi exerseze, la modul amator, aptitudinele. Motocicleta torcea cuminte sub mine. După mai multe reprize, din care am atins viteza maximă, am lăsat la 200 şi mi-am continuat plimbarea spre mare. Voiam să revăd locul unde avusesem accidentul şi să închid definitiv această problemă. Ştiam că va exista această confruntare, mai devreme sau mai târziu, aşa că am decis să grăbsec lucrurile. Am ajuns relativ rapid în acel loc unde, fără voia mea, am zburat aproape 10 m şi am rememorat ceea ce s-a întâmplat atunci. Voiam să ştiu, dacă era ceva care putea să mă facă să evit accientul şi, cel mai important, ce anume mi-a salvat viaţa. Doream să ştiu, dacă existenţa unui sistem de frânare mai bun, ar fi fost scăprea sau dacă, efectiv, nimic nu se mai putea face pentru evitarea accidentului. Şi am văzut. Eram în acel loc, priveam de unde venisem, priveam locul impactului şi concluzia a fost una singură: niciun fel de frâne nu m-ar fi scăpat şi şansa mea a fost că am depăşit pe lângă maginea benzii, lucru care a făcut posibil să zbor peste capota celui care întorsese în faţa mea. Gestul lui a fost în maximum 5 metri şi niciun fel de sistem nu putea să evite accidentul. Am mai privit o dată scena luându-mi la revedere. *„Ceva tot se mai poate repara. Se poate salva. Măcar atât.",* mi-am zis în sinea mea, răni vechi, începând să se sudeze treptat. Acum nu-mi mai rămânea decât să onorez o promisiune. O promisiune nerostită, însă pe care o simţeam cu putere în fiecare por al datoriei şi dragostei mele. Era unicul mod în care o puteam exprima. A doua zi, înainte de a miji de ziuă, mi-am împachetat sumar câteva lucruri în spate, pe Şoim, şi am pornit spre munte. Ajuns la Cheia, am tras la cabana unde ştiam că îl găsesc pe Moş Anghel. Voiam să-i spun că, prin nu ştiu ce mijloace, avusese dreptate. Am întrebat pe cineva din personal, nevăzându-l prin preajmă.

— *Despre cine vorbiţi?* mă întreabă o fată mărunţică, oacheşă.
— *Moş Anghel. Bătrânelul scund ce se ocupă cu servirea!* îi explic eu.
— *Îmi pare rău, dar nu ştiu la cine va referiţi! Aici întotdeauna am servit eu!*
— *Sunteţi sigură?* insist.

— *Foarte sigură! Nu cunosc pe nimeni cu descrierea asta!* îmi mai spuse fata şi se retrase la treburile ei.

Mi-am continuat drumul până la Lacul Vulturilor, să revăd încă o dată profunzimea lui. De pe piscul înalt îmi puteam înalţa iar aripi, puteam porni iarăşi de la capăt, animat de suflul ce mă purta în şaua Şoimului, către un nou început. Să-l ghidez spre viteza ce-o puteam amândoi explora — de data aceasta să iau eu greutatea lui asupra mea, lăsându-l să se susţină, iar eu să-i duc în mâini siguranţa. Destinul nostru se pare că ne arăta acelaşi traseu, deci îl vom face de acum încolo amândoi, păzindu-ne unul pe altul.

De aici aveam să purced spre graniţă, aveam să o traversez şi să îmi continui călătoria spre vastele zări ale lumii. Nu ştiam cât va dura ori cât timp mă voi pierde printre oameni şi ţări. Însă nu eram singur. Şoimul, perechea de nedespărţit a vulturului, îmi va fi deschizător de orizont. Eram cu Răducu, al cărui suflet avea să mă ocrotească şi să mă însoţească de acum pretutindeni.

# SFATURI PENTRU VIAȚĂ LUNGĂ

Am parcurs, până în acest moment, mai mult de 100.000 km cu motorul. Majoritatea acestor kilometri au fost făcuți în România, într-o perioadă de 9 ani. Din acești 100.000 km, mai mult de jumătate au fost făcuți cu una dintre cele mai rapide motociclete de serie din lume, o legendă în lumea moto, și anume Suzuki GSXR 1300 Hayabusa. Un motor pe care-l consider cel mai bun, dintre cele pe care le-am condus și, de departe, cea mai dorită de mulți motocicliști, care au ca stil dorința de a testa viteza, forța și echilibrul. Am condus și pe soare, și pe ploaie, și pe ceață. Am mers cu ea și pe drum accidentat, pe nisip, ori prin noroi, când nu am avut încotro. Și niciodată nu m-a dezamăgit. În toți acești ani am întâlnit o sumă de situații, unele mai rele, altele de-a dreptul comice. Și din acest punct de vedere, experiența acumulată, coroborată cu experințele prietenilor și colegilor de drum, mă face să spun că, în majoritatea cazurilor, oricât de bun ești în ceea ce faci, ai nevoie și de mult noroc.

Există, evident, câteva reguli pe care am să le enumăr aici, reguli acumulate și stabilite după mulți kilometri de mers cu motorul; dar, repet, la final Dumnezeu este cel care decide. Pentru că am văzut situații în care primul gând era asupra numărului celor care au murit în acel loc, și nu pățise nimeni nimic; și accidente în care aparent totul părerea în ordine, dar în realitate, cineva tocmai ne părăsise.
În general, când la mine vine cineva, fie tânăr, fie mai puțin tânăr, și îmi spune că dorește să meargă pe două roți, sfatul meu, întodeauna, este pozitiv, dacă și el simte că se poate descurca. Spre deosebire de mersul cu mașina, pe lângă siguranța aparentă și stabilitatea pe care cele patru

roți o oferă, sunt şi diferențe majore la modul de accelerare şi la cel de frânare. Dacă în zona auto, un accident uşor este mai mult un stres, în motociclism acest lucru se poate transforma într-o dramă. Iată de ce, cel care doreşte să ia motorul de coarne trebuie să deţină un minimum de cunoştinţe din zona circualţiei pe străzi, astfel încât să poată evita şi să iasă cu bine din orice situaţie în care poate să-i fie afectată integritatea. Pentru că modalitatea de a circula pe categoria B îţi este de un real ajutor, în condiţiile în care eşti pe motocicletă. Este un mare avantaj să ştii să mergi pe şosea şi acest lucru te poate scoate din multe belele. Totodată, ceea ce spun toţi, inclusiv legea, din fericire, urcarea în ierarhia puterii se face gradual şi nu dintr-o dată. Eu am pornit  cu un motor de 38 CP, am avut unul intermediar de 110 CP şi abia după mai bine de 50.000 km făcuţi cu acesta, am urcat în şaua legendei Haybusa, de 193 CP. Este foarte important, pentru toţi cei care încep acest mod de viaţă, să plece pe acest drum cu un demaraj domol şi, evident, cu motociclete care „iartă" – şi mă refer aici la cele care au cursa acceleraţiei de pornire ceva mai lungă. Totodată, pe măsură ce tehnologia evoluează şi sitemele de frânare sunt din ce în ce mai bune, este bine de ştiut că motocicletele care deţin frâne încrucişate, combinată faţă - spate, sunt foarte bune şi te pot scoate din necaz, la nevoie. În general, genul ăsta de frâne există pe model sport – touring şi mai puţin, spre deloc, pe super – sport.

Dupã ce un începător sau cineva care doreşte să pornească ceva mai domol, a decis care îi este stilul şi care este modelul de motocicletă ce-l reprezintă, vine timpul să aleagă echipamentul. Pentru că o cască poate să facă diferenţa, de foarte multe ori, între viaţă şi moarte, iar o protecţie bună poate să te readucă întreg acasă. Echipamentul este foarte important pentru un motociclist şi din acest motiv consider că înţelepciunea şi buna documentare trebuie să fie prezentă atunci când îl alegeţi. În ceea ce mă priveşte, am avut întodeauna pe mine echipament foarte bun, atât la nivel de cască, cât şi geacă, cizme şi pantaloni. Am alocat mereu timp aplicării de echipamente suplimentare, cum ar fi protecţii spate, pentru gât şi picioare. Vă asigur că a meritat! Nu trebuie să neglijăm echipamentul, pentru că în multe situaţii el este cel care rămâne între tine şi asfalt, atunci când, vrem, nu vrem, ajungem acolo. Că tot suntem la capitolul echipament, de multe ori, în zilele călduroase, încercăm să ne eschivăm de la a purta cizmelele de motor şi să apelăm la pantofi sport. Este explicabil să încercăm să fim cât mai lejeri în mişcări, aşa că nu este un lucru chiar atât de grav, mai ales dacă se circulă în oraş şi într-o limită decentă a vitezei. Ce nu recomand însă, este purtarea pantofilor sport cu şiret. Pentru că şiretul poate să-ţi ofere o serie de surprize, dacă se desface, mai ales la piciorul stâng. Poate să se agaţe de schimbătorul de viteze sau alt element din zonă şi atunci când vrei să pui piciorul jos, ai surpriza să o faci cu tot cu motor. Sau poate să ajungă la lanţ şi să-ţi ofere câteva momente de panică în secunda în care simţi că ceva îţi trage piciorul în spate şi logica ta nu are un răspuns instant la acest lucru. Şi dacă tot vorbim de începători, am în minte câteva cazuri de părinţi inconştienţi care pentru fiii lor au achiziţionat, „din prima“, câte o motocicletă super – sport, semnând în acest fel, indirect, certificatul de deces al propriului copil.

Goana după viteză se poate transforma, dacă nu este bine gestionată şi făcută în etape, într-un mers încet, dar sigur, către spital sau, mai rău, spre morgă. Din fericire însă, în România, legea începe să fie ceva mai restrictivă în ceea ce priveşte achiziţionarea de motociclete puternice – însă aplicarea legilor încă lasă de dorit. Primii paşi în motociclism trebuie să semene cu primii paşi în viaţă. Se începe de jos, de la un minim de CP, urmând ca într-un interval de doi ani să evoluezi suficient pentru a trece „pe ceva mai mare". Şi această evoluţie se va încheia acolo unde resursele tale se îmbină armonios cu resursele motocicletei. Dacă se ard aceşti paşi, nu înseamnă neapărat că îţi pavezi drumul spre spital. Dar dacă ajungi vreodată acolo, să te gândeşti dacă paşii pe care i-ai făcut au fost sau nu cei corecţi. Şi dacă din asta înveţi ceva, înseamnă că totuşi e bine.

Legat la ţinuta de mers, am observat că în oraş multe accidente au loc atunci când motociclistul, în goana lui după  adrenalină, merge ceva mai repede decât viteza traficului. Spun aici „viteza traficului" şi nu viteza legală, pentru că pe foarte multe proţiuni de drum, din oraşe, traficul autoveiculelor pe patru roţi îşi are propria-i viteză. Care poate să fie în limita vitezei legale, mai jos sau mai sus de acest barem. În cazul în care tu, motociclist, rămâi cu acest val, fără să încerci să-i induci în eroare cu o viteză mai mare sau foarte mare, riscul să se întâmple un accident este minim. Spun acest lucru pentru că, în general, un conducător auto, atunci  când ia o decizie de schimbare a direcţiei de mers, se raportează la viteza lui şi la ce viteză are traficul, la care adaugă o mică marjă de siguranţă. Atunci când o motocicletă vine din spate sau din faţă cu o viteză mai mare sau mult mai mare decât această marjă, pe care şoferul o are, accidentul este ca şi făcut. Mai ales că, aşa cum am spus, distanţele de frânare, precum şi condiţiile sunt cu totul altele la motocicletă, comparativ cu o maşină. O pungă de hârtie pe jos, o frunză umedă, un ambalaj de plastic, o piatră de mici dimensiuni sau, pur şi simplu, o groapă te poate pune în situaţii delicate. Prin urmare, câtă vreme circuli în oraş, mergi cu valul de maşini şi şansele să ajungi acasă întreg tind spre

100%. Că să fii şi mai în siguranţă, evaluează corect şi şoseaua pe care te deplasezi. Pentru că eu te sfătuiesc să mergi cât mai pe banda a doua (dacă există) sau cât mai spre axul drumului, atunci când din lateral există şanse să iasă, cu mai mult decât e necesar, o maşină, un pieton sau o altă motocicletă. De multe ori, atunci când merg pe banda unu, motoarele, care în general merg ceva mai repejor, se văd în situaţia de a evita la limita un bot de maşină, pentru simplul fapt că şoferul, efectiv, nu are unghiul bun de observare din cauza altor maşini care, evident, parchează la marginea drumului. Au fost şi multe accidente în care motocicliştii au avut de suferit când din curte, direct în stradă, iese cu spatele câte o maşină sau alt vechicul. Iată de ce, când mergem, e bine să ne ţinem cât mai departe de drumurile laterale, din dreapta noastră, şi să ne menţinem cât mai pe centru. Şansele ca un autovehicul să intre pe contrasens sunt ceva mai mici, decât un bot de maşină, care îţi taie banda şi se opreşte.

*Îmi amintesc că veneam de la mare, într-o duminică, şi pe podul de la Agigea era o coloana destul de lungă. Am decis să o depăşesc, mai ales că din faţă nu venea nimic. Din fericire am procedat aşa cum ştiam că e mai bine, adică cât mai aproape de latura din stânga a drumului şi am reuşit să evit cu succes un alt motociclist, care a ieşit grăbit dintre maşinile aflate în coloană. Menţinerea, în timpul depăşirii, a unei disanţe de un minimum 1,5 m te situează pe locul virtual al şoferului, în cazul în care ai fi în maşină. De acolo, poţi avea un timp de reacţie în cazul în care cineva vrea să depăşească sau, cum a fost la mine, când un alt motociclist a ieşit brusc din coloană. Este important şi, în general, acest lucru se ştie, ca atunci când eşti în depăşire să mergi cu faza de drum aprinsă, nu cu faza scurtă. Asta îţi oferă mai multă vizibiltiate şi şanse mai mari să fii văzut din timp de către un şofer ceva mai neatent.*

Existenţa tobelor zgomotoase, dar nu exagerat de „urlătoare", este binevenită. De multe ori, tocmai acest zgomot a făcut că eu să fiu detectat din timp şi am reuşit să merg mai departe, fără nicio problemă. O tobă silenţioasă îţi oferă ţie şi celor de lângă tine un confort auditiv sporit, dar atrage asupra ta riscul de a nu fi auzit atunci când eşti în preajma unei maşini. Eu am avut o perioadă o problemă de acest gen, chiar la Şoim, când mi se întâmpla să mi se spună că apăream şi abia după ce treceam, se auzea ceva. Tobele de serie de la K8-ul meu erau periculos de silenţionase, pentru o motocicletă care putea ajunge la viteza de 300 km/h în mai puţin de 20 de secunde. Deci, o tobă zgomotoasă, în limitele legii, este mai mult decât binevenită şi consider că este nevoie de ea mai mult ziua, în trafic, decât noaptea, în visele oamenilor. Pentru că ziua se întâmplă să mergi printre maşinile aflate la semafor, ziua se înatamplă se depăşeşti pe cineva care, poate, înainte să te audă, se gândea să depăşească sau, mai trist, să întoarcă.

*Aici este însă mult de discutat, pe de o parte autorităţile consideră că nivelul de zgomot nu este cel mai indicat mod de a mai reduce din numărul accidentelor, pe de altă parte există şi o vină a unor motocliclişti – inconştienţi, îi numesc eu –, care îşi pun tobe foarte zgomotoase şi, evident, merg la ore imposibile prin centrul oraşului. Din punct de vedere al efectelor, cred că genul ăsta de participant la trafic, destul de redus, din fericire, nu reprezintă comunitatea moto din România. Dar, indirect, îi face rău acestei comunităţi. Pentru că gestul lor atrage dispreţul celor care sunt deranjaţi de numărul mare de decibeli. Şi cum ei nu stau să disece prea mult informaţia,*

Când vorbim de depășire, pe timp de zi sau de noapte, este bine să reținem că o motocicletă, în mai puțin de o secundă, se poate afla în două poziții: una, în spatele unei mașini, pe care dorim să o depășim; și a doua, imediat, în lateralul acelei mașini. Și, de obicei, unui șofer aflat la volan – și poate chiar cu telefonul la ureche –, îi ia mai mult de o secundă să se asigure în lunetă și în retrovizoare, timp în care, în prima fază te vede în spate, iar când trage de volan, tu ești deja lângă  portiera lui. Acest gen de atenție sper eu să crească atât la nivelul celor care merg pe două roți, cât și al celor care merg pe patru roți. Înțelegerea mecanismului privind rapiditatea demarajului unei motociclete, de către automobiliști, coroborat cu atenția sporită și semnalizarea prezenței în zonă, a motociclistului, poate duce la evitarea multor scene triste de pe șosele.

În ceea ce privește mersul în afara localităților, în mai toate cazurile, motoarele merg ceva mai repede și decât traficul și decât viteza legală. Dat fiind că eu vin din zona motocicletelor de viteză, aș fi ipocrit să spun că am mers tot timpul în limitele vitezei legale, cel puțin nu acolo unde exista pericolul să deranjez vreun radar sau alți conducători auto. Întodeauna mi-am asumat un risc, cât mai calculat, însă. Și nu am avut probleme reale de scăpare de sub control a situației. Nu atâta timp cât a ținut de mine. De fiecare dată când se pleacă într-o plimbare, fie ea de lungă ori de scurtă durată, pe lângă verificarea temeinică a echipamentului, este bine ca și motocicleta să fie verificată. La lanț – atunci când există –, la instalația electrică – mersul cu faza scurtă aprinsă fiind necesar pe toată durata deplasării – și, în special, la cauciucuri.

*În urmă cu câțiva ani, cel care m-a învățat în ale motociclismului, V.R., a venit la mine şi mi-a spus, îngrijorat, că nu o să mai plece niciodată la drum până nu-şi inspctează la sânge motocicleta. Era în vremea FireBlood-ului, „miarul" de la Honda. Se pregătea într-o zi de plimbare şi colegul de drum l-a sfătuit să se uite puțin la cauciucuri înainte de placare, „aşa, de control". V. a luat în serios acest sfat şi a descoperit pe cauciucul din față o plesnitură care, la viteză mare, putea să ofere o surpriză de proporții, sub forma unei explozii.*

În general, la plimbări, şi mă refer la ieşirile de o zi, ținta pentru majoritatea motocicliştilor este *datul pe curbe*. Şi pe lângă Bucureşti sunt câteva zone în care poți să întâlneşti curbe de calitate bună, atât ca formă, cât şi ca nivel de calitate al asfaltului. Enumăr aici în Sud, zona spre Giurgiu, mai ales între Călugăreni, Daia; şi drumul spre Oltenița. În Nord avem Cheia şi chiar şi DN1, dar aici în general se evită, deoarece drumul este foarte aglomerat. În Nord-Est, spre Buzău, este porțiunea Buzău – Braşov – Cheia – Bucureşti, intrat în folclorul motociclistic ca Siriul Mare; sau inversat, dacă se face dinspre Braşov sau Siriul Mic, când se face având că punct de întoarcere sau revenire Vălenii de Munte. Ceva mai la Nord, este apreciat traseul Bucureşti – Braşov – Sighişoara, mai ales porțiunea din Pădurea  Bogății. Mai există şi alte porțiuni apreciate de motociclişti, dar din cauza distanței ori a stării proaste a carosabilului, sunt abordate mai rar: Bucureşti – Târgovişte – Sinaia – Bucureşti/ Bucureşti – Piteşti – Câmpulung – Braşov – Bucureşti/ Bucureşti – Alexandria – Zimnicea – Giurgiu – Bucureşti.

În ultimii ani însă, şi datorită faptului că prețurile în Bulgaria încă sunt ceva mai mici, dar şi din dorința de a cunoaşte şi a vedea şi alte locuri, mulți sunt cei care preferă ca plimbarea de weekend să se facă în țara vecină.

Şi acolo sunt multe trasee interesante, iar calitatea drumului este satisfăcătoare, atât la nivel de carosabil, cât şi la nivel de trafic şi control rutier. Plimbarea de o zi se face în ritm ceva mai rapid – se ştiu de obicei locurile de întâlnire; dar, de fiecare dată, se reamitesc pe forumuri, dacă sunt plecări publice, se ştiu punctele de regrupare şi, evident, locurile unde se mănâncă. De multe ori există şi o ţintă, pe lângă plimbarea în sine. Ori un obiectiv turistic, ori dorinţa de a revedea prieteni sau doar de a savura un anumit fel de mâncare. De cele mai multe ori însă, ţinta principală este generată de dorinţa participanţilor de a merge pe drumuri şerpuitoare, curbele fiind adevăratele provocări ale fiecărui motociclist. Dacă în linie dreaptă poţi merge în coloană sau în grupuri mici, de câte doi, trei, în mod organizat, când se merge pe zona de curbe, cel mai bine este ca mersul să fie individual şi la o distanţă ceva mai mare unul de altul, în cazul în care cei care formează grupul nu se cunosc bine ca stil de mers. Când, însă cei care merg, se ştiu bine şi au mers de multe ori împreună, se merge în coloană, unul după altul şi, în general, unul în trasa celuilalt. Cel mai experimentat şi mai rapid este cap de coloană, iar ceilalţi merg în trasa lui. Dar cu multă atenţie, însă.

În cele mai multe cazuri, odată ajunşi în zona de interes, grupul se dilată foarte mult şi se regrupează în punctul de închidere şi, de cele mai multe ori, aproape de zona unde se va face oprirea de relaxare. În acest caz, cei care merg în afară trebuie să fie atenţi la starea drumului, la intensitatea traficului şi la modul lor de poziţionare pe şosea. Spun asta, pentru că de multe ori mersul aproape de axul drumului este benefic, dar în condiţiile de mers în coloană moto, acest lucru te poate poziţiona lângă banda din dreapta a şoselei.

Atunci când se merge în coloană, cei care doreasc să meargă în mod civilizat, modalitatea cea mai bună este formația zig-zag: în fiecare moment cel din față să-l aibă în oglinda retrovizoare pe cel din spate, iar cel din spate să aibă în vedere că la mers în coloană se aplică regula „spatele ferește fața". La mersul în coloană trebuie să existe un „cap de coloană" - care stabilește traseul, și un „închizător de coloană" - care stabilește viteza de mers și are în grijă, de obicei, pe cei mai puțin experimentați din grup. Atunci când coloana este prea lungă, șoseaua nu are mai mult de două benzi, iar viteza de mers este sub viteza pe care o impune traficul, este recomandat ca această coloană să fie „spartă" în mai multe bucăți, ca să nu incomodeze alți participanți la trafic. Este foarte neplăcut pentru membrii unei coloane să vadă că între ei dă buzna câte o mașină. Când este însă vorba de autostradă, coloana poate să fie cât mai întinsă ca spațiu, deoarece pe de o parte viteza de mers îți permite, iar pe de altă parte, existența altor benzi de circulație nu afectează traficul rutier. Pentru cei care încă nu cunosc câteva din regulile unor plimbări moto, pot spune că în orice plimbare există câteva puncte foarte importante: punctul de întâlnire, puncte de regrupare, puncte de alimentare motorare și puncte de alimentare motocicliști care sunt, de cele mai multe ori, restaurantele. Locurile de *alimentare pentru motocicliști* se stabilesc, în general, după cât de bine se mănâncă acolo, după capacitatea de parcare a motoarelor și după siguranța acestora. Nu contează dacă se bea sau nu acolo, pentru că în plimbările de o zi, alcoolul nu există. Dar în plimbările pe weekend, când se doarme pe undeva, alcoolul se află în lista de criterii. Când se merge la plimbare, dacă există o bună cunoaștere a motocicliștilor între ei, se merge în format zig-zag, pe drum drept și total independent pe curbe.

*Într-o astfel de plimbare, erau patru motociclişti care mergeau pe Cheia, unul în trasa celuilalt. Dintr-un motiv oarecare, primul a pierdut controlul şi a ieşit în decor. Cel de pe poziţia numărul doi, din obişnuinţă sau neatenţie, s-a dus după el. Din fericire nu a păţit nimeni nimic, dar ştiu sigur că de atunci, cel care era pe poziţia a doua, refuză să mai meargă în echipă, pe curbe.*
Legat de modul de a merge în trasa celui din faţă, există o regulă clară, ce se aplică în totalitate: unde te uiţi, acolo te şi duci. Există o legătură foarte dură între modul în care conduci motocicleta şi privire. De foarte multe ori, se întâmplă să privim o groapă, în care în mod sigur nu dorim să intrăm, şi exact acest lucru se întâmplă. Iată de ce este foarte bine să avem mare grijă unde privim, atunci când suntem pe motocicletă şi avem şi o viteză destul de mare.

*Într-una din cursele pe care le făceam cu R.B. în zona Moldovei, îmi amintesc foarte bine cum era să am un accident destul de grav, doar pentru simplul fapt că am privit un TIR timp de mai puţin de o sutime de secundă. Eram lăsat într-o curbă largă la dreapta, aveam fix 240 km/h pe bord şi din faţă se apropia, din sensul celălat de mers, un camion mare, roşu. Pentru o fracţiune de secundă l-am privit şi deja motocicleta deviase de la trasă şi se îndrepta direct spre radiatorul maşinii, care devenise brusc foarte mare. Şansa mea a fost că am luat o decize de moment în care mi-am întors capul spre dreapta şi am privint intens pe câmpul care se desfăşura pe lângă drum. Şi aşa am reuşit să evit la limită un accident. Aflat în spatele meu, R.B. era convins, ca şi mine, de altfel, că am să mă intersectez cu acel camion. Şi când ne-am oprit pe dreapta, imediat după păţanie, mi-a împărtăşit că a fost destul de speriat.*

*În general, motocicliştii rar sunt solitari. În majoritatea cazurilor, când pe lângă tine trece un* motociclist, tu, şofer fiind, trebuie să te mai aştepţi să treacă cel puţin unul. Pentru că în plimbări de distanţă scurtă, medie, motocicliştii merg în echipe de minimum doi, la un interval de 5 până la 15 secunde unul după altul. Când motocicletele sunt de viteză, timpul poate să fie şi de 2, 3 secunde.

La vremea în care eu am început să cochetez cu motociclismul, existau mai multe cluburi moto şi mai multe grupuri de motociclişti care îşi petreceau împreună timpul dedicat plimbărilor. Zona în care eu intrasem era o adevărată enigmă pentru mine. Până când am intrat în posesia permisului pentru motocicletă, viaţa de motociclist se reducea doar la nişte băieţi tineri, îmbrăcaţi precum piloţii militari, unii, sau alţii – precum nişte rockeri supăraţi, cu care mă intersectam prin benzinării sau prin trafic.

Nu exista o personalizare a lor, de parcă nu erau oameni în spatele acelor căşti fumurii, ci nişte specii ciudate, diferite de noi, oamenii normali. Spun asta pentru că îmi este teamă, ca şi cei care în prezent nu au tangenţă cu lumea moto – lume, pe care sper să reuşesc să o descriu cât mai bine – au, la fel, o imagine seacă, deformată, despre comunitatea motocicliştilor din România. Pentru că la noi acest fenomen a luat amploare abia începând cu finalul anilor '90, început de 2000. Până atunci, drumurile din România erau populate în special cu vechile motociclete ruseşti sau est-germane şi, în multe cazuri, cu autohtonele Mobra şi Hoinar. Erau motociclete calme, liniştite şi fără prea multe pretenţii.

Însă, începând cu anul 2000, odată cu naşterea primei lengende moto, Hayabusa, în 1999, fenomenul moto a luat şi în România amploare, devenind din ce în ce mai demn de luat în seamă. Numărul celor care deţin motociclete puternice a devenit din ce în ce mai  mare, tinerii au început să experimenteze noi senzații, în timp ce legislația românească a cam bătut pasul pe loc. Şi aşa cum se întâmplă, pe măsură ce şoselele se aglomerează de motociclete, din ce în ce mai frumoase şi mai rapide, *aceleaşi şoşele se umplu şi de sufletele* celor care, din neatenția lor sau a altora, ajung să-şi găsească sfârşitul.

Până să ajung să cunosc această lume, nu am ştiut cât de naturali, cât de buni şi de  extraordinari sunt de fapt oamenii din spatele căştilor. Pentru că, spre deosebire de cum îi percepeam eu – şi, sunt convins, că aşa îi percep şi cei care nu-i cunosc – în fiecare şa pe care o vezi pe şosea sau parcată la margine de drum, se află un om ce are acasă pe cineva care-l aşteaptă. O soție, un fiu, o fiică sau părinți îngrijorați. Pentru că de fiecare dată când te urci pe motor cu gândul să faci o plimbare, te gândeşti că poate nu te mai întorci. Că poate e ziua aia fatală, în care un prost îți taie calea fără să se asigure; sau pur şi simplu ai ghinion. Spre deosebire de țările civilizate – unde legislația este bine definită, protejând foarte mult aspectul vulnerabil al fiecărui motociclist în trafic –, eu îmi amintesc că în România genul asta de protecție legală este destul de firav.

Dimpotrivă, lipsa de educație duce la reacții foarte dure ale celor care nu cunosc şi singura percepție pe care mulți o au, când este vorba de motociclişti, este că „merg prea repede" şi „nu sunt decât donatori de organe". În orice domeniu în care interacționăm, din orice zonă am căuta, sunt şi excepțiile care duc la formarea unei percepții greşite. Sunt motociclişti şi motociclişti, cum sunt oameni şi oameni.